在医院里哭声是最常听见的一种人类声音，只不过有时是因为刚刚来到这个世界，有时是因为刚刚离开这个世界，有时是因为茫然失措，我们茫然失措吗？当然。可我们比茫然失措的病人更加茫然失措，因为我们不知道自己为何要茫然失措。

录自本人小说《我们聊聊科比》 王威廉 二三年读书日于广州

# 我们聊聊科比

王威廉 著

河北出版传媒集团
河北教育出版社

# 年轮典存丛书

# 编者荐言

中国当代文学已走过七十多年，每一次文学浪潮的奔腾翻涌，都有彪炳文学史的作家留下优秀作品。

回首20世纪七八十年代，改革开放开启了中国当代文学持续至今的繁盛，由于几百家文学刊物的存在，中短篇小说曾是浩荡文学洪流中的浪尖。然而，以1993年“陕军东征”为分水岭，长篇小说创作成为中国文坛中独立潮头的存在，衡量一个作家的创作成就及一个时期的文学成果，往往要看长篇小说的收获。中短篇小说的创作和读者关注度减弱，似乎文学作品非鸿篇巨制不足以铭记大时代车轮驶过的隆隆巨响。

进入21世纪，特别是党的十八大以来的新时代，我们乘着光纤体验世界的光速变迁，网络文学全面崛起，读图时代、视频时代甚至元宇宙时代的更迭，令人应接不暇，文学创作无论是体裁还是题材都呈现出一种扇面散播效应，中短篇小说创作也再度呈扇面式生长，精彩纷呈。

为此，我们特编辑了这套“年轮典存丛书”，以点带面地梳理生于不同年代的当代优秀作家的中短篇小说精品，呈现不同代际作家年轮般的生长样态。

我们不无感佩地看到，生于1940年前后的文学前辈，青年时已是文坛旗手，在当下依然保持着丰沛的创作力，他们笔耕不辍，使当代文学大树的根扎得更深。

“50后”一代作家已走过一个甲子，笔力越发苍劲。他们不断返回一代人的成长现场，返回村镇故乡、市井街巷；上承“40后”的宏大命运主题，下接烟火漫卷的无边地气；既广受外国文学的影响，又保有中国古典文学的高蹈气质。

在“60后”这一中坚力量的年轮线上，我们能看到在城乡裂变、传统向现代过渡的进程中，一代人的身份确认、自我实现，以及精神成长的喜悦和焦虑。

“70后”作家因人生经验与改革开放四十年紧密相连而被称为“幸运的一代”和“夹缝中壮大的一代”，也是倍受前辈作家的成就影响而焦虑的一代。如今已与前辈并立潮头，表现不俗。

而作为“网生一代”的“80后”和“90后”，他们的写作得到更多赞誉的同时，也承受了更多挑剔和质疑。但经过岁月淘洗，我们欣喜地看到，曾经的文学小将已在文坛扎扎实实立稳脚跟，相继以立身之作进入而立和不惑之年。

六代作家七十年，接力写下人世间。宏阔进程中的21世纪中国当代文学，正在形成新的文学山峰的山脊线。短经典历久弥新，存文脉山高水长。

# 目　录
# CONTENTS

# 从冰川的高处

他不知道为何有了这个念头，也忘记了从什么时候开始的，但是，经过了这么久的岁月，依然不能抗拒。眼见草原又绿了，圣湖的冰层也都融化了，那念头依然如嫩芽一般。这是执念吗？也许。但如果这出于绝对的善，就连佛祖也会欢喜。他坚信这一点。他要去走这一趟，至于去哪里，怎么去，都是次要的了，这些细枝末节的东西他完全没有考虑，也不会去考虑。凡事都有自身的定数，他只是其中的一个变量罢了。

从高处下来，是否比从低处上去更容易？

高处，确切地说，是海拔 3785 米的地方，听起来有些高，但还没到雪线，盛夏的时候除了北峰上的冰川，哪儿也不积雪。

低处，海拔只有几百米甚至几十米的地方，空气的密度变大了，溽热的云层像是棉被。

他并不着急，走着走着随时就停下来，舒舒服服地住上几天。过多的氧气让他兴奋，他感到自己不再是自己，而是一种他也无法说清的力量。他心里也希望自己成为某种力量，就像夏天寺院屋顶上蒸腾的力量。这种力量让他感到踏实，他很高兴，因为只有他踏实了，才会让低处的这些人感到踏实。

水往低处流，长江从涓涓细流变成了壮阔大河，连对岸都逐渐看不清楚了。视野变得混浊，灰褐色的雾霾让人觉得正午就像黄昏。难以辨别的气味，有些呛人，他咳嗽了几声。不过，他想，不是因为环境变差了，而是因为全身的脏器都用旧了，所以格外敏感了……还好，这些比他想象的要好多了，既然注定要来这一次，遇见什么事物，都必须坦然接受。

此刻，他站在一家鱼档前，草原上的小溪里只有黑色的小泥鳅，而这里躺着各式各样、五花八门的鱼类，死不瞑目的眼睛瞪着他，让他想起牧区那些病死的牛羊。档口的一侧有个大水池，里边密密麻麻叠放着苟延残喘的鱼。的确，只要一息尚存，肉质就依然是鲜美的。

套着一条黑色胶皮围裙的干瘦男人，正提起一条硕大的草鱼摔在木板上，还没等草鱼挣扎，刀背便砸向草鱼的脑袋，草鱼晃了两下尾巴，便抽搐起来，不能大动了。干瘦男人把刀轻轻转过来，刀刃锋利，迅速将鱼头剁下。鱼仿佛猛然醒悟似的，没有眼帘的眼睛瞪得更大了，鱼鳃和嘴巴一下子张开来，不甘心，却又喊不出来。

“师父，买鱼？”干瘦男人看了他一眼，小眼睛里闪烁起一丝诡异的光。

他被男人的话惊了下，杀鱼的过程将他吸引，他陷在鱼的死亡里，有一种东西折磨着他的心。

“买鱼，”他说，“全都买下。”

“你开饭店的？”

“不，放生。”

“放生？”鱼贩子愣了下，刚刚伸进鱼腹的手停住了。

“放生。”

“放去哪里呢？”

“长江。”

那些苟延残喘的鱼被抬上了三轮车，旁边几位鱼贩听闻后，也热情地推销起自己的鱼。他都一一接受了。没有不接受的理由。

随后，几辆三轮车浩浩荡荡地来到江边，他们端着塑料水箱，对着江水倾倒而出。

大群的鱼让淡黑色的江面洇开了一块浓黑的色斑，几秒钟后，这块色斑便越来越淡，完全消失了。

就在这么短的时间里，周围就聚集起了一大堆人，盯着他，议论纷纷。他深感迷惑，他们是从哪儿冒出来的？他不想听他们说话，想走出人群，但迎面这位穿着大红睡衣的老太婆不仅不避让，反而拉扯住他，说：

“你这是浪费，放着那么多的人不去救，非要救这些粮食，鱼可是粮食！”

他什么也没说，解释是虚弱的表现，他不需要。他早已心里有数了。他原本可以告诉面前这个脸色黝黑的老太婆：你的下辈子就是一条鱼，但他不想引发任何的误解，对于这里边的奥妙，只要佛祖和自己清楚就好了。

绕开老太婆，还能听见她的数落，旁边有人起哄，唯恐天下不乱，没人关心那些鱼。他快速走了一段，发现前边出现了一队人，扛着长长的竹竿，前面扎着绿色的网。他们翻过石栏，把网伸进江里开始捞鱼。

几乎每一次下网，都能捞上来两三条。这是下游，刚才放生的鱼还聚集在这个地方，没有游远。蓝色的塑料箱里很快又堆满了鱼。

他认得那个塑料箱，还有为首的那个干瘦男人。那个鱼贩还穿着那身黑色的胶皮围裙，身上湿漉漉的，像是刚上岸的海怪。鱼贩赚了他的钱，还要把那些鱼再抓回来，赚第二次。赚钱嘛，自然是越多越好，但这个鱼贩执意要取这些鱼的性命。虽然他已经知道，鱼贩子上辈子做了一世的豺狗，但没想到，这一世仍有豺狗的习性。没办法，下一世只能做虾米了，给鱼当饲料。他这么想着，觉得鱼贩是可怜的。

漏网之鱼总是有的，它们才是放生的真正成果。那些又被抓住的鱼，刚刚享受了自由，又要被送回砧板，恐惧会如雪崩一般吗？有人说鱼的记忆只有七秒，七秒后一切恐惧都没有了。佛祖不会同意这个观点，有时候，一秒便是一世，一世便是一秒。无始无终，时间是没有意义的。

再一次去买了那些鱼放生吗？即便他再慈悲，也不想被人愚弄。他明白自己的责任已经尽到了。

他远远望着那些人，就像望着罪恶本身。同时，他静下心来，更加敏锐地感觉到了那束目光的跟随，已经很久了。不只是在放生的时候，甚至不只是在鱼档的时候，他一到这座城市的时候，那束小心翼翼却锲而不舍的目光便存在了。他回过头来，那是个女人。

她仍算是年轻的，高高的个子，穿着白色带黑点儿的长裙，上身一件黑色短皮衣，手里提着粉红色的 PRADA 包，眼睛隐藏在墨镜后面，尽管如此，他依然看清了她的眼神，那里仿佛淤积了三百个夜晚的黑暗。

他回过头来认真地看着她，他的眼睛仿佛具有可怕的能量，让她受到了惊吓，不由后退了几步。然后，她似乎在逼迫自己镇定下来，全力以赴地回望他。

他移开了目光，避免接触。他不想看到她的灵魂。他是为了他们的苦难而来，但他不想和他们中的任何个人有什么瓜葛。

“大师。”她轻轻唤他。他听到了。

他加快脚步，想离开江边，回到街边，然后去另外一个地方，另外一个不可预知的地方。女人跟着他，尽管她穿着高跟鞋，但走路像羚羊似的轻盈，没有敲击水泥地面的卡嗒嗒。女人比鱼贩更不可思议，你得承认她是与众不同的，她或许有灵敏的慧根，否则，她怎么会认出他来呢？他与芸芸众生有什么区别吗？没有。他就是芸芸众生，他比芸芸众生更加芸芸众生。

“大师，留步。”她离他更近了。

“你想说什么呢？”他不得不停下来问她。

干瘦的鱼贩子蹬着三轮车从他面前经过，满满的一车鱼，估计捞回来了三分之二。不奇怪，鱼贩子早都摸透了这些笨鱼。鱼贩子就那么从他面前经过，大模大样地，面带微笑地看着他，像是胜利者，没有丝毫的羞赧。那微笑，也就变成一种嘲笑了。

“我跟着您很久了，大师。”她摘掉了墨镜，眼睛周围描了眼线，如深渊的边缘。

“我不明白你为什么叫我‘大师’，你想说什么就说吧。”他淡淡地说。鱼贩子的车拐弯了，鱼贩子又扭头看了他一眼，看到他和女人站在那里，鱼贩子朝他吐吐舌头。

“这些人太可恶了！”女人白了一眼鱼贩。

“由他们去，你说你的。”

“其实，我不想说什么，”女人说，“或者说，我想说的太多了，不知道该说什么了。”

“那就不要说了。”他对她微笑了下，“其实，说多也无益。”

“我觉得自己像鱼，您会给我指明一条生路。”女人又把墨镜戴上了。

“生路是自己给的。”

“鱼是没有生路的。”

“你不懂，”他沉吟着说，“有一种东西比鱼更重要。”

“是的，我是不懂。”

“没关系，慢慢来。再见。”他有些后悔了，不应该和具体的人说太多。他礼貌地挥挥手，走到街边，正好一辆的士驶来，他上车离开了这里。

他不敢回头，闭了一会儿眼睛，再次放空了自己，甚至一度还想起了《大藏经》，太多的话语像滚滚的江水，他再次体验到了曾经那种被溺毙又被救活的感觉。他笑了笑，这时，司机又开始问他去哪儿，他说："继续向前。"司机便不说话了，慢慢往前开，只是从后视镜中一个劲儿地看他，那眼神里不乏一种不解与畏怯，似乎在揣度他是一个怎样的观光客。

他看着街边的一切，这时，前面突然停下来一辆白色面包车，冲下来两个人，火急火燎的样子，奔向一只黄色的大狗，黑色的大网瞬间套在狗的头上，顺势一拉，原本正在撒欢的狗呜咽着吼叫起来，但早已失去了挣扎的能力，很快被拖上了车。又见到网了，他吃了一惊。

面包车重新启动了，冲向左侧的路口，开进了小路。他看到前边有个撑着粉红色太阳伞的女人从小商店里走出来，一声一声叫着："奇奇！"那应该是狗的名字。女人不知道狗已经被抓走了，但又觉得出了问题，不停地向路边的灌木丛里打量。

他盯着女人看，不知道能做些什么，女人抬起头来，虽然隔着窗玻璃，但他们对视了一眼，女人惊慌失措的眼神，顺着他的视网膜的神经，一直传递到了身体的最深处。

"这帮偷狗贼，太嚣张了。"司机说。

“偷去倒卖？”

“不，偷去杀掉，卖肉。”

“卖肉比卖狗更赚钱吗？”他想起了那个拼命张开鳃和嘴的鱼头。

“那倒不是，”司机笑了笑，有点儿狡黠，“这些狗都太大了，不再可爱了，除了对主人的忠诚，再没别的价值了。”

他不知道该说些什么了，他发现自己对人心所知甚少。

“所以，剩下的价值，就是肉。”司机顿了下，问，“你吃过狗肉吗？”

他摇摇头。

“狗肉还是好吃的，我以前吃过。”

“现在不吃了？”

“是的，不吃了。”

“为什么不吃了？”他终于有了点儿兴趣，“是什么原因不能吃了？还是你自己不爱吃了？”

“不好说，无法简单地概括出一二三来。”

“那肯定的，就像曼陀罗一样。”他想起了卧室里挂的那张唐卡，密密麻麻的细节，他睡前总要盯着看一会儿。

“曼陀罗？一种花吗？”

“不是，是一种比喻。”

司机沉默了一会儿，前方正好是红灯，车停了下来。

“小时候在乡下，我是很讨厌狗的，因为狗喜欢欺负小孩子，被恶狗追着跑乃至咬伤的事情，多得数不清。”司机注视着红灯上方倒数的红色数字，仿佛回忆的火箭正在进入倒数阶段，即将进入浩瀚的过去。

“你被狗咬过？”他喜欢这种聊天，因为，这仅仅是聊天。

“没有，但被追着跑过，那种感觉绝望极了，好像马上就会受伤死去，同时，因为全力逃跑，心脏跳得都快炸开了。”他深深喘了口气，好像那只狗又追来了。

“运气不错。”

“糟透了。”他的鼻翼翕动了一下，说，“那真是吓得魂飞魄散，我奶奶不停地喊着我的名字，给我招魂，我才缓过劲儿来。从此，我就有些怕狗，狗肉也怕吃了，总会想起魂飞魄散的感觉，太可怕了。”

“招魂？”他的注意力集中在了这个非重点上。

“是的，俺老家的一种风俗。”

“那你相信有灵魂吗？”他不失时机地问。

司机没有回答他，而是从后视镜中看看他，笑了起来。

“好笑吗？”他也笑了笑。

“没有人这么直接。”

“没关系，我随口问问。”

“那你相信吗？”司机反问道。

“信，为什么不信。”他自然平淡地说，像是喝一杯白开水。

“我觉得这不是信不信的问题，”他的自然让司机反而张口结舌起来，“我不知道……你所谓的灵魂是什么，是精神世界，还是一种鬼魂样的东西……”

“都是。”

司机从镜中又看了他一眼，皱皱眉头，不说话了。

他看不透这个司机，这个普普通通的司机，上一世和下一世是什么呢？也许就是一只狗？他一下子判断不出，这种情况比较少见，但也是有的。他并不沮丧，他想到自己的前世是一只鸟，一只在草原小溪边觅食的灰色麻雀，经常会抬头望向北峰冰川的高处。他在城市里没有看见一只麻雀，但能依稀听见它们的叫声，它们藏在哪儿呢？

车厢内沉默了一会儿，气氛逐渐有点儿尴尬，他正想说些什么缓解下，却看到了那辆熟悉的面包车。

“这群狗娘养的，又碰上了。”司机也看到了，恶狠狠地骂。

“跟着。”他脱口而出。

“你要干吗？逞英雄？”司机虽然这么说，却还是跟着那面包车转弯了。

“看个究竟。”他心平气和。

“刚才我和朋友在对讲机里聊天，听说江边有个人放生了好多鱼，没想到我又遇见一个救狗的。”司机嘎嘎笑了两声。

“跟好，别跟丢了。”

面包车驶向了郊区，来到了一个名为“四季春”的花木场附近，周围绿荫遮天，极为隐蔽。在一所破败的平房前边，面包车停下来，好几只奄奄一息的狗被从车里拖出来，它们在网里已经放弃了挣扎，只有眼睛和耳朵还灵活地动弹着。几个穿黑色短袖的男人陆续进了房子，一切都安静下来了。他盯着那扇门，门没有关死。

“我进去看看。”

“你疯了？报警就好了。”司机拿起手机，拨号。

“你报警，我去看看。”

他来到那扇绿色的油漆斑驳的门前，听到里边的声音在更远处，便轻轻推门，走了进去。

昏暗的房间里放着乱七八糟的杂物，看不清楚，只闻到浓烈的腐臭。他蹑手蹑脚前行，走进另一个房间，透过窗户，发现后面是个挺大的院子，还长着一棵茂盛的大树，刚才那帮人都站在树荫里忙活着。

为首的一名壮汉，胳膊上文着一大片刺青，看不清是什么东西。壮汉手握一柄黑色的长杆，长杆的头部绑着一个可以收缩的钢丝圈儿。壮汉把钢丝圈儿往那只大黄狗的脑袋上套去，然后很迅速地收紧了钢丝圈儿。整个过程一气呵成，动作纯熟，狗连发出哼哼声的机会都没有。

但这只大黄狗的生命力似乎格外顽强，它像人那样用后腿站立着，虽有些颤颤巍巍的，可无论壮汉怎样施压，那腿依然绷紧了肌肉挺立着。它的两只前爪也变成了人的双手，紧紧抱着钢丝圈儿，想把那要命的玩意儿扯下来。

壮汉咬紧牙关，低吼着加大了力度，狗的双眼瞪得越来越大了，满是血丝的眼珠突了出来，嘴巴也大张了，里边的牙齿很锋利，仿佛表达着极度的憎恨。

“放开！”他被寺庙顶上蒸腾的力量给完全驱动了，一掌推开后门，走进了院子。

壮汉被吓了一跳，手上一松劲儿，狗的嗓子眼儿里边发出了呼哧呼哧的声音，嘴角流出一道黑色的血。

“你是谁？干什么的？！”一个原本蹲在地上磨刀的瘦子，提着刀站起身来，在阳光下眯缝着眼睛，凶狠地盯着他。

“呃，我是这狗的主人。”他急中生智。

瘦子和壮汉对视了一眼，其他几个家伙也提了棍棒之类的东西，包围了过来。

“你们别误会，”他用轻松的语调说，“我愿意把这些狗都买下来，这样，你们也没什么损失。”

“你不是这只狗的主人吗？”壮汉手上重新开始使劲，“你买这么多狗做什么？”大黄狗全身剧烈颤抖起来。

“养狗久了，看到狗都不忍。”

“绑起来再说！”

壮汉话音刚落，他就被两个人按住肩膀，两臂折向后背，关节处一阵剧痛。看来，那两人早就伺机对他下手了，他却没有留意。

他被押解着，像犯人一般佝偻着身子，走向那棵大树。他们让他背靠树站好，用一根肮脏的红绳把他扎扎实实地捆在了树上。

“别闲着，继续干活儿！”壮汉说，“大姐等会儿就来拿货了。”

那几人很听话，立马去忙了。磨刀的磨刀，烧水的烧水，分工明确，秩序井然。

“你从哪里开始跟踪我们的？”壮汉审问道，转身和他迎面而站，咬牙切齿地下了死劲儿，顺手把狗推向他。太近了，他要低下头，才能看到狗。狗那三角形的头顶，以及两侧抖动不止的三角形耳朵，让他心生悲悯。

“从你偷了我的狗时。”他抬起头，和壮汉对视着。

“偷？怎么证明？”壮汉冷笑道，“你们这些庸人，以为养只狗就是主人了吗？”

还没等他开口说话，壮汉将手中的钢丝圈儿松开了，那条狗摇晃了一下，倒在地上，不动了，猩红的舌头吐得很长。他心中默念起了《往生咒》。

这时，拿尖刀的瘦子吹了吹刀刃，又用刀刮了刮大拇指肚，嘴里念念有词地走过来，要把狗拖走。

“就在这儿做。”壮汉说。

瘦子蹲下来，一刀划开狗的颈部，然后刀尖向腹部延伸，白色的肉露了出来，好像毛皮里边包着一个小孩儿，现在只是脱衣服而已。“衣服”脱掉后，瘦子把刀子丢向空中，换个手势，接住了刀，用力在白色的腹部拉了一个很长的口子，里边红红白白的内脏流了出来，一股热烘烘的气息扑面而来。他赶紧屏住呼吸，但没有用，还是忍不住呕吐起来。

壮汉笑了起来，说：“看来你没骗我，这狗真是你养的。”

他没有吭声，闭上眼睛，为自己感到难堪。倒不是修为不够，而是无法抗拒的生理反应。生而为人，不可能控制这身皮囊的每一根神经。因此，他并不难过，只是难堪。但那腹腔内泄漏出的气味究竟意味着什么呢？仅仅只是想起，就令人作呕。

“这样吧，”壮汉说，“这只狗的腿留给你好了。”

他睁开眼睛，壮汉脸上没有什么特殊的表情，看上去不像是恶意的侮辱，甚至还有些真诚，仿佛狗腿是一件很珍贵的礼物。不过，无论如何，他已经完全恢复了平静，说：“我不需要，放我下来就好。”

“放心，不会对你怎么样的，”壮汉拿着钢丝圈儿走向另一只狗，“你再陪我们一会儿，等我们忙完了，咱们可以一起吃吃肉，喝喝酒，聊聊天。”

“你相信灵魂吗？”他忽然像问司机那样，问壮汉。

“信，为什么不信，我还信轮回呢。”壮汉倒是回答得从容不迫。

显然，这让他深感意外：“那你还做这种事？”

“早死早托生嘛，下辈子再做人。”壮汉笑笑，“我知道你想说什么，我要是下辈子做狗被人杀，我认命。”

“怕是连狗也做不成了。”他叹气。

壮汉正要说些什么，有个家伙慌里慌张地从外边跑进来，喊道：“不好了，警察来了！”

“你报警了？”壮汉问他。

他知道是司机报警的，但他只能保持沉默。壮汉扑过来，对他一阵拳打脚踢，他感到了疼痛，上一次感到疼痛是什么时候，犯牙病的时候？

“大哥，快走吧！”报信儿的家伙已经爬上院墙，准备翻过去，“哎呀，被包围了！”

听到这句话，壮汉的拳脚停了下来，有些愣怔。

“都别动！”两个警察冲进来了，比他料想的要快很多。但他发现警察身后跟着的不是司机，而是那个女人。

壮汉和几位从犯束手就擒，他们现在倒是一副很老实的样子。壮汉在走出后门的最后一秒，突然努力扭过头来，看着他说了一句：“这些狗白死了，都是因为你。”

对这样的观点，他当然不能苟同，但他还是忍不住看了一眼躺在地上的狗的尸体，那不再和生命有关，而仅仅成了一堆肉，一种可以烹饪后进入肠胃的食物。

“大师，您受惊了。”女人用刀割开了绳子，他一阵轻松，向前走了几步，似乎在确证这种自由。

“谢谢。”他对女人说，“那个报警的司机没来吗？”

“哈？哪有什么报警的司机，是我报警的。”女人看他神情变得诧异，解释道，“带您来这儿的司机早跑了，他可不想把时间浪费在您这里。”

“我亲眼看到他打电话报警的，”他边揉肩膀边说，“而且，我还没给他钱呢。”

“您的钱包还在吗？”

他这才意识到自己把钱包落在出租车上了。

“我也不瞒您了，我一直跟着您，那个司机在您面前演戏呢，电话肯定没拨出去。您前脚进去没一会儿，他就把车开走了。我一个人在外等您，等了好久，想着情况不妙，才报了警。”

没想到情况是这样的。他想到之前自己对女人冷若冰霜，不由得有些羞惭，赶忙说：“谢谢，真的谢谢你。”

“不客气，咱们现在还得去派出所录口供，然后去我那里坐会儿好吗？想和您好好聊聊。”

“好的，没问题。”

他还有什么理由拒绝呢？也许自己的观念也需要修正了，如果不能普度众生，普度一个人，一个有血有肉的具体的人，也是好的。

从派出所出来，他长长出了口气，这一切都比他预料的要麻烦，就像是蛛网掉在了身上，怎么撕都撕不干净，反而觉得哪里都是。他坐进了她的车，一辆奢华的黑色轿车。

“那些人很快就会被放出来的。”女人边发动汽车边说。

“为什么？”

“仅仅是盗窃罪，没别的，”她手握方向盘，盯着前方，“最多几个月。”

“没别的？”

“是的，没别的。”女人转头看他笑了笑，“他们非法囚禁您，您却放弃上诉了。”

“那倒没什么。”

“换作别人，肯定不干。”

“你呢？”

“我？”女人沉吟着说，“我不知道。”

他没有说话。

女人补充了一句：“毕竟，我是女人。”

“尤其那么美。”他也微笑了，什么都敌不过美，美是一种最难看透的虚无。

她嫣然一笑，苍白的脸颊有了血色。

车上了桥，看样子要过江，没想到却在一半的时候转弯下桥了，他这才发现，江心有座岛，上边郁郁葱葱，各种树木掩映着一些古雅的建筑。

“繁杂的城里，还有这样的好地方。”他感慨道。

“就是想求一份宁静的心情。”

“怎么？平时不宁静？”

“宁静，那是多高的境界呀。”女人将车开到一座独栋别墅前，停下来，说，“到了，就是这里。”

别墅内的陈设初看上去比较单调、质朴，家具全是木质的，但他坐上去，用手一摸，就知道这些东西价值连城。

“冒昧问一句，您先生是做什么的？”

“他啊，做房地产的，眼下不知道在哪个工地上忙呢。”女人端了杯茶给他，“这座房子就是他设计建造的。”

“很好的设计。”他抬头看着一扇天窗，那一小片天空让他顿感安慰。从天空深处涌进来的白光，像是来自北峰顶上那片冰川的高处。这才几天，他竟然强烈地思念起来了。

“可惜，还是空虚得很，像监狱一样。”女人坐在他身边，也端了茶，在小口地啜饮。

“那是你的心病了，”他的目光又扫了一遍房间，“多少人梦寐以求这样的别墅。没有几个人可以享受你现在所拥有的。”

听他这么说，女人好像来了点儿兴致，请他去楼上参观。

楼上一排排的立柜，像是图书馆的书架，只是书架上都盖着红色的丝绸，不知里边藏着什么。

女人伸手揭开了丝布，露出的不是书，而是整整一柜子的凉鞋，再揭，又是一柜子的靴子……后来，鞋子变成了各式各样的名牌包。

“恋物癖。”他知道这种情况的准确名称。

“不，不是的。”女人讪笑着说，“这些东西是因为买来没处放，才这样处理的，但它们现在对我来说，是没有意义的。最让我开心的，就是购买它们的那一刻，那一刻过了，它们也就死掉了。所以，不如说是购买癖才对。”

“那便是饮鸩止渴了。”

“你看这个包，限量版的LV，是我在巴黎的时候，排了一个通宵的队才买到的；这双鞋，GUCCI，是我专门跑去香港买的，脚都站肿了。唉，我已经不记得为了买这些东西，我遭了多少罪，但奇怪的是，总有一种说不清的激情在支撑着我。”女人脸上露出了欣喜的表情，随即又黯淡了，她撇撇嘴说，“不过，我付完款，走出店，看着匆匆忙忙的路人，整个人空虚得快要散架了。”

“现在还会这样吗？”

“晚上睡不着的时候，会想想，”女人把鞋和包放好，又用丝绸盖了回去，“好像设置了一个目标，才能睡得着。”

二楼还是有间书房的，女人邀请他在里边又坐了。房间到处都一尘不染，肯定有专人打扫。书房倒是名副其实，书很多，文史哲及宗教、科技乃至成功学，无所不包。他站在书架前，随意浏览着。女人拿出手机，大拇指灵活地刷着屏幕。

“大师，您看这条新闻。”女人忽然声音颤抖着，把手机递给他。

他一边看图片，一边看文字，原来，一只小狗被人泼了绿色的油漆，由于油漆太厚，小狗无法动弹，已经奄奄一息了。

今天这是怎么了，他想，怎么跟狗扯不清了。

“作孽呀，”女人轻声说，“您今天救鱼、救狗，功德无量。我想请教您，您是怎么看待轮回的？”

“生命的形态可以不同，但生命的本质是一样的。”他想打个比喻，看到手边的茶杯，说，“就像杯子再怎么不同，再怎么局限水，水还是水。我曾对你说，有一种东西比鱼更重要，很明显，这水就比鱼重要。”

“如醍醐灌顶。”女人眨着眼睛，在反刍他那模棱两可的话，然后，她的表情像是下定了决心。她说，“大师，我想拜您为我人生的导师。”

他沉默了十五秒，犹疑地问：“其实，你怎么知道我是……知道我是做这一行的？”他不想直接提及他所从事的事业，说出口的，都会变了味。

“不瞒您说，”女人支吾起来，“其实……其实，我之前拜过一位老师，但我与他似乎不够投缘，他的讲解不对我的心性。我却时常能从他那里听到您，对您心生仰慕，这次您下山的消息，就是他告诉我的。请大师恕罪。我愿意出高价供养您。”

他总以为很多事情是世间神秘的证据，但在现实中，神秘总有一个答案，一个乏味的答案。因此，她背后那位泄密的同道是谁，他毫无知道的兴趣。

“既然你也是同道，总有修炼的地方吧，带我去看看。”他倦了，想找个清静的地方。

“这个太简单了！”女人重新兴奋起来，按动了手边的一个开关，书架向一侧滑去，后面藏着一间小密室。他赶紧起身走过去，刚站到门口，就闻到了楠木淡淡的清香。里边除了一个佛龛，一个坐垫，别的什么也没有了。

“真是好地方！”

“谢谢大师夸赞，”他的欣喜让女人心花怒放，她伸手摸着楠木做的墙壁，说，“这是我用心设计的。”

“我好几天没静修了，现在想打坐，正好试试你的地方，可以吗？”

“当然可以，大师您请。”

“我不叫你，你就不要进来。”

“遵命。”女人诚惶诚恐，双手合十。

他在坐垫上盘腿坐好，按下开关，书架就缓缓移动回来，紧紧关闭了。墙壁上骤然亮起两盏淡黄色的灯，一派青灯古佛的意境。

只剩下自己了，只剩下虚无了。他面向佛龛坐定，却有些心神不宁。他看到佛龛下边还有一个小开关，便按了下去，佛龛竟然缓缓转动了起来，转到背后，是一个十字架，上边绑着一个干瘦的男人，就像是他下午被绑在树上的样子。他当然知道这是什么，他只是为外边的女人感到疑惑，她到底在干什么？她到底想要什么？他用手指轻轻拭擦了下耶稣忧郁的脸，按动开关，佛龛又转回来了，释迦牟尼佛双目低垂，似笑非笑，宁静安详。

他闭上眼睛，重新坐定，原本宁静的心却感到了一种越来越苦涩的悲痛。他并不懊悔这次的慈旅，但他不想再有第二次。他们的过多喧嚣，他们的过多黑暗，他们的过多欲望，他们的过多虚妄，以及他们的过多聪明与他们的过多愚蠢，激起了他的心绪。他的心早已修炼到了很高的境界，是没有凡俗的喜怒哀乐的。可现在，他的心却变成了蓄满悲伤的容器，使他流下泪来。他想：这已经不是我自己了。

足足有十五秒钟的时间，这些泪水让他不知所措，但是十五秒过后，他终于平静下来了。而且，他感到这种平静里边蕴藏着一种微妙的欢喜，就像佛祖似笑非笑的表情一般。他只剩下一个念头：他多想女人打开书架来找他的时候，这里边变得空空如也，而他已经变成了前世的麻雀，正在飞向北峰顶上那片冰川的高处。

# 梦中的央金

央金的情绪还没有完全平息，胸腹的起伏还有些乱，眼里的目光还有些散，她低头倒奶茶的时候，头上那顶咖啡色的牛仔帽突然像受惊的野兔，顺势滚落下来，先是跳在了茶几上，然后又跳到了地面上，一路就跑到了马金的脚边，可是马金就坐在帐篷内唯一的木沙发上静静地看着央金，一动也不动，他的目光简直像裁缝尺子似的把央金的全身上下量了个够。央金不得不把茶壶放到地上，走过去捡起帽子，可就在她戴好帽子转身准备离开的瞬间，马金突然站了起来，从后面抱住了她，他的手更是恰到好处地按在了她高耸的前胸。

“我多想时间突然停下来啊，就停在这一刻！”马金呻吟着说，“噢，你比我看到的还要丰满。”

央金也呻吟了一声，但她的呻吟是那种意想不到的惊呼，然后她抖动肩膀，轻声骂道：“滚开。”马金就像一件破外套似的被丢回到椅子上。

“有那么一刻我就知足了。”马金揉着摔痛的屁股，突然高兴地说，“你比我想象中的力气还要大，大得多！”

央金看着马金那副可怜又无赖的样子竟忍不住笑了起来，这一瞬间她的心就平静了，她恢复了往昔泰然自若的神态，叹着气说：“从没见过像你这么不要脸的人。”然后提着茶壶走出去。

她健美的屁股和两条结实的腿包裹在灰蓝色的牛仔裤中，尽管那裤子很旧了，上面还有一些绿色的草痕，却显得别有风味，尤其和这广袤无际的大草原吻合得天衣无缝。

马金看着那健美的步伐，心中居然百感交集，他几个箭步追到了帐篷外面，顶着毒辣的日头说：“央金啊，我现在宣布，在梦里，那个姑娘不但叫央金，而且就是你！”

央金扑哧一声笑弯了腰，说：“我这个草原女人实在搞不懂你的花花肠子了，但我觉得你也太老套了吧，而且还说了一次又一次，我的耳朵都要长茧啦，好了好了，真的不说了，我要洗衣服了。”

她走进另一座帐篷，端出洗衣盆，坐在一个小木凳上真的开始洗衣服。马金像是苍蝇一般在央金的身边绕来绕去，然后一屁股坐在央金对面的草地上。

马金有些痴迷地看着央金，那阳光下浓密的睫毛阴影，富有质感的古铜色脸颊，都使央金有了一种野性的性感，他不禁连连感叹着："真美啊，就像是梦里面走出来的雪山神女。"

央金把头低下，使劲搓洗着衣服说："哪有你们城市人的皮肤好，我的脸早就给太阳晒坏了。"

马金再次感叹了："你这是高原红嘛，美得很，有味道得很。"

央金摇着头说："你们汉族人的嘴比大清早的百灵鸟叫得还好听。"

马金一点儿也不恼，他说："你知道，我和那些旅游客真的不同，我是来寻找一个梦的，那个我给你说了无数次的梦，一个关于你的梦。"

马金今年整整三十岁，谈过两个女朋友都吹了，第一个女朋友嫌他充满了不切实际的幻想，太幼稚，他想了很久，也不明白自己幼稚在什么地方；第二个女朋友的理由就很好理解了，嫌他买不起房子，以后的生活根本没盼头。马金说："我们可以把房子买在郊外啊，每天坐地铁进城也很快的。"他第二个女朋友居然柳眉倒竖，怒气冲冲地说："那是人过的日子吗？"马金说："你这样说会得罪很多人的，你知不知道？”他第二个女朋友呸了一声说：“我以前就住在郊外的，每天早晨六点就要起床，结果有时还会迟到，全勤奖也没了，还经常被警告，是个人谁能受得了！”

就这样，马金单身一人至今已经三年了，这三年是他同龄朋友们的结婚高峰期，一场接一场的婚宴，一笔接一笔的礼金，让马金从精神到物质都备受折磨。这一天，他最好的朋友李向上结婚了，他被请去做伴郎，为了给李向上挡酒，他自己喝了个酩酊大醉，竟然当着众人的面，抱着伴娘呜呜大哭起来，其间还忍不住吻了吻伴娘的香颈。后来婚礼完了，他被人扶着走出了酒楼，那伴娘的男朋友螃蟹似的横行过来，二话不说上前就踢，尽管别人赶紧来护驾，马金的胯部还是被恶狠狠地踢中了。踢完后，伴娘的男朋友还满脸委屈声地说：“你真当我不存在啊！”

马金结结巴巴地说：“你能让我这么疼，你当然存在，是我不存在，我不存在……”

那天晚上，马金迷迷糊糊做了好多个梦，其中有一个梦让他难以释怀。

他突然出现在一片广袤无垠的旷野上，放眼望去，远处散落着数座雪山，迈步向前，眼前豁然出现了一个湛蓝如朗朗晴天的大湖，他觉得美，更觉得怕，这时一个美丽结实的藏族女子骑着一匹棕色的高头大马出现了，对他温柔地说：

“上来吧。”

他踩镫上马，搂住那女子，那女子开始挽缰狂奔，他问那女子叫什么名字，那女子说：“央金。”

马金在梦里也保持了他一贯的幽默感，他说：“央金这名字好啊，我叫马金，我们的名字都很值钱嘛！”女子笑了。他又问：“我们这是去哪里？”

女子刚准备回答，他却在这个关键时刻万分遗憾地醒过来了，灰白色的屋顶上，那几根一直没来得及打扫的灰线还在那里随风舞动着，他盯着那水母触须样的东西沮丧不已。我是不是说错什么话了？他抬起手来朝自己的嘴上抽了两巴掌。

虽然梦如烟似雾地散开了，但是那梦中美好的场景却刀痕似的深深地刻在了他的脑子里，他开始逢人便讲自己的美梦。

李向上知道后，向他分析道：“那天晚上你的胯间被踢了，又是抱着被子睡了，所以才会做这样骑马的梦。”马金说：“那为什么我不是梦见自己骑自行车呢？”

李向上想都没想就说：“因为你一直喜欢藏族人画的唐卡，你客厅里还挂着一幅呢，不是吗？”

马金喉咙里顿时有种卡刺的感觉，他咳嗽了几声说：“李向上啊李向上，没想到你会做出这么现实主义的解释啊，我们最好还是要对梦想留有余地。”

李向上说：“一个不能实现的梦想就跟屁一样空无。”

马金被这话给重击了，他咬了咬牙说：“我一定要实现这个梦想，去找到我梦中的情人，央金。”

李向上说：“你这话简直是吃橘子放屁，不但空无，还酸臭。”

马金被气得够呛，不过要不是李向上这么损他，他或许永远都只是说说而已。这次他为了证明自己的话不是一个酸臭的屁，他就必须说到做到。

他去书店买了本中国地图，目光扫向西部，手指在那些星罗棋布的湖泊地带滑动着，然后手指停在了中国最大的咸水湖——青海湖上面。

马金很高兴，连连说：“就去那里，那里多好啊。”他看过《中国国家地理》杂志，那里是中国最大最美的咸水湖，也是藏族人的神湖，完全符合他梦中的场景。

他选好日子，请了个长假，真的去了。

央金洗完了衣服，就去晾。一段挺长的牛皮绳，两端系在两座帐篷的顶端，央金把一件件衣服搭了上去，也不用夹子固定，就任由衣服在风中左右摇摆。

马金仔细打量着那堆衣物，他从中发现了一件挺旧的肉色文胸，他指着那玩意儿笑着说："你也用那个？"

央金的脸一下子红了，骂道："你这个流氓，我不是女人嘛，咋就不能用了！"

马金赶紧解释说："我不是那个意思，我以为你们草原女人不用那个，但想想不用那个又能用什么呢？"

央金又被他逗笑了："你真是个怪人，没办法让人真的对你生气。"

马金受宠若惊地啊了一声，连连说："怪了怪了，我以前都是搞不清楚就得罪人了，你知道吗，我已经被两个女人给甩了。"

谁知道央金毫不怜悯地说："你这样耍无赖的男人，被甩并不奇怪啊。不可靠嘛。"

马金受了打击，在草地上躺了下来，喃喃自语地说："我可从不对她们耍无赖，是她们对我耍无赖，只是她们把耍无赖叫作撒娇，我有什么办法。"

央金说："我们草原女人从不懂什么叫撒娇。"

这话刚说完，央金看到那边不远处的公路上有一辆黑色轿车停下来，她顾不得跟马金打招呼，就急忙跑过去牵马，然后跃上马背，向公路那边奔驰过去。

黑色轿车的门开了，下来一男一女一小孩儿，是典型的三口之家。这时候，已经有七八匹马拥堵在他们四周，马上的牧人们都兴奋地喊叫着："骑马，骑马，骑一大圈儿才八十块钱！"

央金用鞭子抽着马屁股，紧赶慢赶还是没有冲到最前列，因为其他牧人都是些健壮的小伙子，个个马术非常了得。她站在马镫上，焦急地朝轿车那边打量着，当她看到来的游客中有女人时，她马上高兴了，她大喊道："大姐！骑我的马，我能保护你。"

她这样喊，显然引起了女人的注意，女人伸长了脖子看见她，说："那你给我便宜些。"

央金很爽快地说："行，六十块！"就这样，央金抢到了她这天的第一笔生意。

男人骑着另外的马先跑走了，他上马前反复叮嘱央金要保护好他们母子俩，一定要平平安安的。央金扬扬马鞭说："你就放心吧。"然后，她让女人抱着小孩儿骑在马上，小孩儿又哭又闹，嘴里嚷嚷着要自己一个人骑，女人耐心地说："太危险了，还是妈妈抱着你好。"

央金牵着缰绳走在前面，回头问："你们想骑着马跑一跑，还是就这样走走？"

女人说："就走走吧。"

小孩儿再次大声哭闹了，说要骑着大马奔腾。女人又说太危险了，这时央金插话说："跑跑吧，没事的，要不有啥意思。”小孩儿高兴地连连说好，女人就不说话了。

央金骑上了另外一匹马，然后牵着后边马的缰绳就跑了起来。小孩儿嘴里喊着：“驾！驾！驾！”女人吓得面色发白，紧紧抓住小孩儿的身体。

不一会儿，事前指定好的线路就跑完了，央金收了钱，骑着马慢悠悠地回来了。小孩儿在她的身后还继续兴奋地欢叫着，而女人则蹲下身，干呕了起来。

马金就躺在刚才的草地上目睹了这一切，不过，这些对他来说已经没什么新鲜的了，数天来，他已经记不清自己看了多少遍这样的情景了，但是，他每次看到央金骑在马上的飒爽身姿，心中都暗潮起伏，这可是真正的女西部牛仔啊！他想，她身体健壮，作风粗犷，或许，她还有一颗火热而激情的心灵吧。是的，她所拥有的正是他所缺乏的，他需要去获取的那种神秘的能够拯救自己的力量，而央金，央金就是他的白度母，是那个藏族人心目中救苦救难的卓玛嘎尔姆呀！

央金牵马回来，把两匹马的缰绳在木桩上拴好，然后她直起身子，叉着腰对马金说：“刚才巴桑多杰发短信来说，他买好啤酒了，马上就回来，等会儿麻烦你去帮他抬抬吧。”

马金笑着说：“巴桑多杰他可是我的情敌啊，你怎么老让我去帮他。”

央金拎着马鞭气势汹汹地走过来说：“巴桑多杰是我的表哥，你再胡说我就抽你。”

马金兴奋地说：“好啊，好啊，王洛宾的歌怎么唱的来的，‘我愿做一只小羊，坐在她身旁，我愿她拿着细细的皮鞭，不断轻轻打在我身上’。”马金说着说着还真的有板有眼地唱了起来，眼睛紧盯着央金，火辣辣的。

央金说了声：“讨厌！”然后高高举起皮鞭，打在马金身上时却是软软的。马金感到自己被皮鞭打中的地方开始发痒，那种痒一直痒到了他的心里。

马金是游览完青海湖，在返回西海镇的公路上遇见央金的。

青海湖跟大海一样无垠，却又比大海更碧蓝，这种高天上的美景让他兴奋不已，也越加感到了自己的孤独。在返程的车上，他默默地看着公路两边开阔的草原，黑色的牛群和白色的羊群从他的目光中掠过，一种神奇而新鲜的感受让他迷恋和沉醉。他往远处看，居然还看到了数座雪山在阳光下闪耀着白色的光芒，他忽然觉得这是自己此生最接近神性的时刻。

就在这时，意想不到的事情发生了。一个急刹车，马金的身子急速前倾，脸碰到了前方的靠背，生疼。然后，车停了。

前面的人惊呼起来："不好了，撞死人了！"

司机喊道："别胡说八道！"就急匆匆地下了车，过了一会儿他上来说："真的不好了，撞死了一头牛，一头牦牛。"

大家都松了口气，只要不是人就好办了。司机说："牛也很难办。"话音刚落，已经有好几个牧民骑着马赶过来了，看那气势汹汹的神态就知道事情麻烦了。

马金准备下车去看看那头牛，像一座小山似的牦牛居然会被撞死，马金一时间觉得有些无法接受。他下了车，扭头一看，发现大部分乘客都跟着他下来了。

一个牧民扬起马鞭指着马金他们，对司机说："他们会不会跑掉？都要赔钱的。"他的汉语说得不大顺溜，听起来有些别扭。

司机不耐烦地说："跑掉？能跑到哪里去，难道去给你放羊啊？"

那个牧民听了哈哈大笑起来，用马鞭在空中甩出几声炸响，说："他们给我放羊，好，很好啊。"马金不明白那牧民想表达什么意思，就不再理会了，径直走到了大巴车的正前方。

那头牦牛的体形也够大的，足可以媲美一辆甲壳虫小汽车，它就躺在大巴车的轮子下面，马金抬头，发现大巴车的前方也凹进去了一大块，车灯和挡风玻璃全部粉碎。再看那牦牛，粗壮的犄角上扬，眼睛圆睁，看起来极其愤怒，它的后腿和尾巴还在不断地抽搐着。血从巨大的牛脑后方不断地涌出来，整条马路都铺遍了那种可怕的暗红色。空气中弥漫着强烈的血腥味，几只苍蝇闻讯赶来，已经占领了牛头的伤口处。马金抬头看了看雪山、草地和白云，然后低头又看了看死去的牦牛，突然有种强烈的难以置信的感觉。

在这美若天堂的地方也躲不开死亡的暴力。

更难以置信的是，在这美若天堂的地方就连死亡也显得如此美艳，美艳到让人战栗。

马金突然觉得异常口渴，高原强烈的阳光让他的双唇像砂纸一样粗糙，他下意识地向远方望去，他发现不远处就有一个旅游点，很多白色的帐篷像云朵般停歇在那里。他朝那里走了过去，在他身后，争执的声音越来越大，但他却径自向前走去，连头也没有回。

巴桑多杰驾驶着摩托车回来了，轰隆隆的声音老远就听见了。马金朝着那声音走了过去，没多会儿，戴着黑色蛤蟆镜的巴桑多杰从马路那边升了上来，那儿是一个很大的上坡，摩托车的吼叫声都显得有些吃力了。

马金朝巴桑多杰挥挥手，巴桑多杰只是简单地点点头。这么毒辣的日头，巴桑多杰坚持穿着那件黑色的皮上衣，黝黑的脸上却没有一丝汗迹，还是一副坚毅的神情，马金不禁想起了电影《终结者》里面施瓦辛格的形象。

马金说："巴桑多杰，你应该改名字了。"

巴桑多杰把摩托车停在马金面前，不解地看着他。

马金说："你应该叫阿诺德·施瓦辛格。"

巴桑多杰笑了起来，说："我知道他，帅的，我喜欢他。"他的汉语说得没有央金那么流利，带着浓浓的口音，听起来有种特别的幽默，马金有时候喜欢去逗他说话。

马金和巴桑多杰一道把整整六大箱子啤酒从摩托车后座上卸了下来，垒成了一座小山，这在一成不变的草地上显得有些扎眼。

巴桑多杰锁好了摩托车后问马金："哥们儿，要不要现在来一瓶？"

马金说："不喝不喝，我来这儿，就爱喝你们的酸奶和奶茶，你知道吗，啤酒这玩意儿，我们汉族人也叫马尿。"

巴桑多杰说："你们内地的汉族人不是都没见过马尿吗？"

马金说："想象有时候比亲眼见到的还真实。"

巴桑多杰说："那倒是，我经常想着大城市很美，去年我去了趟兰州，差点儿回不来了，贼偷了我的钱，我现在都不大敢再去了。"

他们一边说着话，一边把啤酒抬进了帐篷里面。这个帐篷的地面上只有一半铺了地板砖，巴桑多杰说："过完这个夏天，我就攒够钱铺完全部了。"

马金说："帐篷里面干吗铺地板砖啊，把草都压死了。"

巴桑多杰用手拍了拍马金的肩膀，说："我们的顾客全是你们汉族人嘛，帐篷里面都汉化了你们才更习惯、更舒服，用你们的成语说，叫'宾至如归'。"

马金惊讶地说："巴桑多杰你怎么突然变得伶牙俐齿了？"

巴桑多杰声音洪亮地笑道："还是央金教我的，说真的，这样真的好，来我们这里住宿的客人最多了，他们说我们这里最干净。"

马金说："这个央金，要是放在内地，搞不好还是个企业家、女强人呢。"

马金和巴桑多杰并排坐在帐篷门前的草地上，巴桑多杰开始抽烟，他喜欢新疆的莫合烟，从镇上的熟人那里买了好几斤散装的，自己用报纸来卷，这种大颗粒的粗糙烟草燃放出浓浓的烟雾，让马金连连打了好几个喷嚏。

巴桑多杰突然问马金："你说过你那里的酒吧里，一瓶啤酒能卖到十几元？"

马金咳嗽着说："有的地方还不止这个价钱。"巴桑多杰突然笑了，他说："那看来我一瓶啤酒卖六元不过分？镇上一般才卖到三元。"

马金有些嘲弄地拍着巴桑多杰的肩膀说："兄弟，你还感到惭愧了？没关系，你的成本里多了运费嘛。"

巴桑多杰说："你们汉族人有钱了，来这里的人从不问我价钱，只是一瓶瓶地拿过去，最后说多少就是多少。"

马金说："他们有钱了你不也跟着有钱了。"

巴桑多杰躺下身来，满脸幸福的表情。马金突然出其不意地问道："巴桑多杰啊，你小子拼命赚钱是不是要娶央金？你喜欢她吧？"

巴桑多杰像是受惊了一般，一个鲤鱼打挺站起身来，满腹狐疑地望着马金，过了半晌，他才吭吭巴巴地问道："马金，是央金这么对你说的吗？"

马金说："你不要管是谁说的，你先说是不是啊。"

巴桑多杰掏出墨镜，重新戴上了，他狠狠吸了口烟，然后有些羞涩地点头了。

马金不依不饶地说："可央金说你是他表哥，你们不可能的！"

巴桑多杰喊了声："啥？"他为了表示愤怒，又把墨镜摘掉了，粗壮的眉毛拧成了麻绳，他瞪大鹰隼样的眼睛说："我是她堂妹的表哥，我们怎么就不可以了？"

马金酸酸地说："那也不好啊，毕竟是亲戚嘛。"

巴桑多杰突然看着马金有些狡黠地笑了，他说："哥们儿，我知道你对央金有想法，但是你带不走她的，她属于这里。"巴桑多杰用下巴尖指着马匹和帐篷，古铜色的脸上满是得意的笑容。巴桑多杰脸上的得意劲儿越足，马金心里的绝望感就越强，那绝望就像莫合烟似的，不但呛肺，而且呛心。

马金真的咳嗽了起来，他站起身来有些幽怨地说："巴桑多杰，你的烟也太呛人了吧。"

马金离车祸现场越来越远，等他走到那些帐篷附近的时候，一位健壮的藏族姑娘头戴咖啡色的牛仔帽，上身穿一件紫色的长袖休闲衫，牵着马向他走了过来，向他打招呼，并朝他笑了笑，姑娘的嘴角瞬时就出现了两个很深的酒窝。更吸引马金的是，姑娘的一双眼睛竟像是漂亮的母马一般，不仅有着淡淡的褐色，并且大而温情，目光坦荡得逼人心魄，马金想：不管是谁看到这样的眼睛，肯定是初见就倍感亲切的吧。

马金就那么有些放肆地欣赏着，姑娘倒并不在意，依然微笑着直视他，而后用流利的汉语问他："骑马吗？一大圈儿才八十。"

马金见姑娘如此漂亮，就想多搭讪几句，便随口说："你陪我骑我就骑。"

姑娘说："可以啊，我会牵着你的马缰绳，保护你。"

马金故意说："不行，我还是害怕，除非你和我骑一匹马。"

姑娘想了想竟然就答应了，很爽快地说："也行，来，上马吧。"

马金反而一下子不知所措了，但是他心头暗喜，觉得自己像中了彩票大奖似的。马金在姑娘的指点下，翻身上马，待他坐稳后，姑娘以迅雷不及掩耳之势就骑坐在了他的身后。

马金猛然间觉得自己离那梦只有一步之遥了，他慌忙说道："姑娘，你不是应该坐在我的前面吗？"

姑娘开心地笑道："你不是害怕嘛，我坐前面怎么保护你？"说着嘴里就开始喊："驾！驾！"他们胯下的马儿就飞驰了起来。

马金第一次骑马，这样的颠簸让他恐惧不已，但是姑娘的胳膊很有力地扶在他的身体两侧，他的心才稍稍安稳了不少。

骑完马，下了地，马金感到了大地的安稳。他这才想起还没问这位豪爽的藏族姑娘的名字呢。他在给钱的时候就问了："姑娘，你的马技太棒了，你叫什么名字呀？"

姑娘笑了笑，说："叫我央金就可以了。"

马金惊讶地连连倒退，边退边打量着面前的这位姑娘，嘴里呢喃着："你就是央金啊，你就是我要找的人啊。"

央金愣在了原地，忽闪着睫毛浓密的眼睛，羞赧地说："不好意思，我认识你吗？我怎么不记得你了。"

马金说："你是我的梦中情人啊！"

央金咯咯咯地笑了起来，说："神经病呀，你！"

连骂人都是如此亲切，面对着梦中情人的形象在眼前一点点清晰起来，他没有任何理由不去接近她了。

马金就开始讲述他的梦境，央金在一边不停地笑着，仿佛马金所讲述的是一个非常好玩儿的笑话。马金尽力用一本正经的样子去讲述梦境的确是可笑的，到了最后，连他自己也忍不住笑了起来。他说："不管怎么样，请相信我吧，我可以对着这蓝天和草原的神来发誓。"说着，他就诅咒了自己一通，说："如果梦是假的，就请这些诅咒都应验吧。"

央金不笑了，说："你这样，一点儿也不好玩儿，神会不高兴的。"

马金说："我问心无愧。"然后他说了自己遭遇车祸的情况，央金说没关系的，到时赔了钱就好了，至于车坏了没法走的问题嘛，她指了指身后的帐篷说："你可以在这里住下来的，我们这里是藏族家庭式的帐篷宾馆。"

马金说："真的可以吗？我想多住几天呢。"

央金高兴地说："那就多住几天吧，不贵，一天也就一百块钱。"

马金心想：这在草原上来说也不便宜啊。央金似乎看出了他的心思，举起右手，数着手指头，笑道："糌粑、奶茶、酸奶，都是免费的，你看多划算啊。"央金晃着屈在手心里的三个指头，显得非常调皮，她又补充道："当然除了肉，手抓肉要另外算钱的。"

马金高兴地说："天天有酸奶喝就行了，我最爱喝你们草原人的酸奶了，那么浓，简直像水豆腐了。"央金开心地笑道："理解，理解。"然后她摇着头痛心疾首地说，"你们城里包在塑料瓶里的酸奶一点儿奶味都没有，简直就跟糨糊似的！"

马金说："所以我以前都不爱喝那玩意儿的，直到来了这里。"

"那就多住几天吧，除了喝酸奶，过段时间我们这儿还要举行祭海仪式，这可是我们青海藏族非常盛大的节日呢，你留下来看看吧，时机很难得。”央金不笑了，严肃而真诚地看着马金说。

“祭海仪式？”马金有些不解。

央金说：“就是祭奠青海湖的湖神，让湖神保佑我们。”

那应该是很壮观很神秘的事情吧，马金被彻底吸引了，连连说好，说：“那我就住到没钱再住的时候吧。”

马金和巴桑多杰之间的小小争执引起了央金的注意，她正在不远处忙碌着。一大早央金就把散发着芬芳的牛奶倒进酥油桶里，等到奶子略微发酵之后，现在就开始打酥油了。她把加洛，也就是一个木头活塞，使劲压下去，待其缓慢浮起后再次使劲压下去，就这样周而复始地劳作着，红扑扑的脸蛋像成熟的蜜桃越来越红了。

马金初来乍到的时候，觉得这活儿非常新鲜，挽起袖子对央金说：“我来帮你吧。”

央金笑着说：“就凭你这样的体力，干不了的。”

听央金这么说，马金更来劲了，他不由分说地推开了央金，开始压起了加洛。他没想到要把这个加洛按到桶底需要耗费那么大的力气，他反复按了十几次之后就感到肩胛骨的内侧开始触电似的发麻发痒了。他硬撑着，心里一下一下数着，数到一百的时候，他就往后一倒，全身舒展地在草地上大口地喘着气，央金在一边笑得眼泪都流出来了。

那天下午，马金经常觉得自己的胳膊不怎么听使唤了，他的手总是不能准确地到达大脑想要的位置。

央金看到马金和巴桑多杰两个人神情古怪地谈论着什么，还时不时地朝她这边暧昧地张望着。

央金朝他们喊道："你们俩在说什么呢？要是敢说我的坏话，看我等会儿怎么收拾你们。"

巴桑多杰的脸红了，他低声说："我们没说什么。"然后就站起身来自语道："我要干活儿了。"一步跨进了身后的帐篷里。

马金坐在那里，对央金说："我们在说你怎么那么漂亮呢，巴桑多杰说你是青海湖乡最美的女人，是真的吗？"

央金显得不好意思了，她停下了手中的活计，右手擦着额头的汗，假装生气地说："别乱说，我太普通了。"

马金看着央金意味深长地笑了起来，忽然他心中有了一个想法，他也站起身钻进了帐篷。巴桑多杰假装整理着一些空酒瓶，他把那些瓶子试图排列成一道玻璃墙壁。

马金说："巴桑多杰你别在那里装模作样了，我们来打个赌吧。"

巴桑多杰一听打赌也来了劲头，不再整理空酒瓶了。他直起身来问："好啊，是怎么个赌法呢？"

马金笑着说："你别以为是赌博，是有关央金的。"

巴桑多杰一听有关是央金的，整个人都贴了过来，声色俱厉地说："拿央金来打赌，不好！"

马金不管不顾地说："我们等会儿出去站在央金的两个方向，分别叫她，她先去谁那里，就是谁赢了，那样的话，后天去青海湖祭海的时候，谁就可以和央金结伴而行，输的一方要自愿放弃。"

巴桑多杰听完马金炒豆子似的一番话，张大了嘴，过了一会儿才摇头说："不行，我不，马金你知道吗？能同心爱的人一起去祭海，那可是几辈子修来的福，我可不想拿这个开玩笑。"

马金说："这样的话，我们就更应该试试了，看看央金究竟和谁有缘分。"

巴桑多杰还是固执地摇着头。

马金拽住了巴桑多杰的肩膀，略带胁迫地说："你知道我是央金的客人，我总有办法让央金陪我去的，比方说，我可以出很多的钱，我不心疼钱……"

巴桑多杰说："那还打赌做什么，你去好了。"

马金大声说："你难道不想看看央金的心里有没有你吗？"

巴桑多杰被这句话击中了，愣在了原地。马金拽着巴桑多杰的胳膊就往外走，说：“别发愣了，走吧，记着啊，不能说藏语，要大家都能听得懂，要公开公平公正嘛。”

巴桑多杰挣脱了马金的撕扯，连连说：“让我想想，想清楚再说。”

马金说：“也好，就给你五分钟时间，够多了吧。”

巴桑多杰说：“不，不，不，起码十五分钟，或许十五分钟也不够……”

马金下定决心要在这帐篷宾馆里长住了，他跟着央金向帐篷走去，央金为他撩起了门帘，他说着“谢谢”就走了进去。里面并没有想象中的昏暗，相反，光线非常舒适，读书都没有问题，马金想。

他看到藏毯上围坐着好几个人，央金开始一一向他介绍。央金的父母实际年岁并不大，但看上去显得苍老，草原上的风霜让他们脸上的皱纹宛如刀刻，但是也让他们的眼睛有着令人难忘的神采。

央金还有两个很小的弟弟，都虎头虎脑的，红通通的胖脸蛋儿让他们看起来比玩具娃娃还可爱。马金从口袋里掏出了巧克力给他们吃，他们很怕生，却又很高兴。央金说：“这两个家伙很顽皮的，以后你千万别给他们吃的，要不然就缠着你没完了！你过来再看看我奶奶。”马金走过去，看到央金的老祖母蜷缩在帐篷的一个角落里，要不是央金的介绍，马金事先都没发现她的存在。她闭着眼睛，摇着转经筒，稀少而花白的头发有些凌乱地垂在额头上，马金的心中不禁满是对圣徒的敬畏之情。

央金的父母对马金十分友善，他们会说一些简单的汉语，央金的父亲从面前的碟子里割了一大块儿羊肋骨，递给马金说："来，肉吃上。"马金看着这块儿近在眼前的羊肉犹豫不决，央金看到他的样子笑起来了，用藏语说了一句话，大家都跟着笑起来了，然后她才对马金说："吃吧，这个不要钱的。"马金满脸羞红地接下了羊肉，开始尝试性地吃了起来，一吃才觉得鲜美，不像以前在城里吃的羊肉有股浓烈的腥膻味道。

央金的母亲也没闲着，起身给马金倒了一杯奶茶，然后用藏语对马金说着什么，央金翻译道："我妈妈让你吃完肉后喝点儿茶，这样不腻，好消化。"

马金被这家人的热情给打动了，他尽管是个旅游客，却得到了这样真诚的接待，这在以前他想都不敢想。吃完肉喝完茶，马金就去打开自己的行李箱，取出了原本准备带给那帮狐朋狗友的两瓶青稞酒，他对央金的父母说："这是我送给你们的一点儿礼物，千万别见外，一定请收下。"

央金的父亲很高兴，接过酒来一看，更高兴了，竖起大拇指说："这个酒可以。"央金的祖母不知道什么时候也睁开了眼睛看着他，说着话，露出了没有牙齿的空荡荡的牙床。央金笑着说："我奶奶说你是个好孩子。"

巴桑多杰就是这个时候闯进来的，马金看到这个魁梧的汉子愣头愣脑地把一个大皮包往帐篷中间的桌子上一放，说："央金，这是你要的洗衣粉，还有我送给你的新鞋。"

马金看着巴桑多杰，心想：这该不会是央金的老公吧？他都忘了问央金是否结婚了。不过，他看到央金对巴桑多杰没有太大的热情，并不理会巴桑多杰露骨的巴结，她指着马金介绍道："这是从南方大城市来的客人，你们好好聊聊吧。"

巴桑多杰的眼睛一亮说："上海、广州，还是深圳？都是好地方啊。"

马金故意说："在这三个地方都有我们的公司，我们是一个很大的商业集团。"巴桑多杰羡慕地不断咂嘴。

这时马金对央金说："你老公看起来简直是条很不错的康巴汉子呢。"

央金一听，眼睛睁得比马眼睛还大，申辩道："讨厌，他不是我老公，是我表哥。"说着，她的脸在高原红之外又多加了一层绯红。央金的父母也讳莫如深地笑了起来。

巴桑多杰说："我的摩托车还没锁好呢，我得去看看。"

马金的心完全放下了，他知道他还有机会去实现那个妙不可言的梦。

十五分钟过去了，马金看着表说：“巴桑多杰，时间到了，我们要出去了。”巴桑多杰的眉头依然紧皱，不过他的身子倒是听话地向外面走了出去。

马金跟在他的身后说：“巴桑多杰你站在东边，我站在西边，我们两个人和央金间的距离都是十五步左右，另外一定要记得，不准说藏语！”

巴桑多杰紧皱的眉头还没有舒展，他还在考虑更好的对策，因此他只是嗯嗯地点着头。

马金看到他这副愁眉苦脸的样子，叹口气说：“这样吧，等会儿让你先说好了。”

巴桑多杰一听不干了，嚷道：“你先说！”

两个人就这样你来我往地争论了一番，最后还是确定了由巴桑多杰先说。

马金和巴桑多杰来到帐篷外面的草地上，央金还在那里打酥油，一般要打个上千次，酥油才能慢慢地从奶中分离出来，浮在上面。马金和巴桑多杰按照事先说好的方式两个人分开走去，央金看着他们古怪的举动，不得不第二次停止了手中的活计。

马金看着巴桑多杰已经走到了相应的位置停下了，他突然有些紧张，刚才的自信也一下子荡然无存，生怕央金还是对巴桑多杰更亲密一些。马金抬头望了望天空，深蓝色的天空里充满了天堂样的光线，他突然想起了那头被撞死的牦牛，那牦牛的灵魂就融化在这样的蓝色之中了吧，他想。

巴桑多杰开始行动了，他对央金喊道："欸，央金，你过来一下，我有很重要的事情要跟你说。"

马金就知道巴桑多杰会首先这样说，央金满脸疑惑地看着巴桑多杰，把劳累的双手叉在腰上，就准备走过去。马金见状急了，也赶紧说："央金，你别听巴桑多杰的，他能有什么事情，你过来，我手机里有很多旅游时拍的照片，很好看的，你过来看看。"

央金果然又站住了，她满脸疑惑地看着马金，然后再回头看看巴桑多杰，有些生气地说："你们在搞什么鬼啊！"

巴桑多杰继续开始喊了："央金，我真的有重要的事情！快过来吧。"

央金想了想突然对巴桑多杰说道："啥事嘛，你和我之间能有啥大不了的事情。"

马金听了央金的话哈哈大笑了起来，连连说："是啊是啊，央金你说得对，巴桑多杰和你之间没有什么不敢当着外人面说的事情吧？”

央金听了马金的调侃说：“讨厌啊，你们！”她把手重新放在了加洛的木把上，准备干活儿了，不搭理这两个奇怪的人了。

巴桑多杰着急了，喊道：“央金啊，我对你的心意，你一直不知道吗？咱俩认识多少年了，你认识这个汉族人才多少天啊。”

央金一听巴桑多杰这赤裸裸的表白，羞得用手遮着脸面，就朝帐篷那边跑了过去。

马金手足无措，他没想到巴桑多杰居然直接把心意给挑明了，这个大胆的家伙，他的心里涌起了一股嫉妒。

马金看着央金的背影，突然喊道：“不好了啊央金！我的钱包怎么丢了！”

这一招儿果然很灵，央金停下来了，扭头问：“是真的吗，你可别骗我。”马金焦急地踏着脚说：“怎么办啊，我住宿的钱还没有给你呢！就刚才丢的！赶紧帮我来找找吧。”

巴桑多杰在那边赶紧喊：“央金，千万别上他的当！”

央金本来还在犹豫，但她再次听到巴桑多杰的声音反而在心中要求自己冷静下来，冷静下来之后央金就走到马金那边去了，关切地问：“赶紧找找啊，要不你怎么回家呢。”

马金的心中一阵狂喜，但他一直努力压制着自己的情绪，表面上依然焦虑不堪，央金已经趴在草地上开始寻找了，马金也假模假式地趴下来开始找。结果在一簇马莲花的后面央金找到了马金的钱包，她高兴得跳了起来："马金！找到了！"

马金也高兴地说："央金啊央金，你的的确确是我的白度母啊。"

央金捂着心口说："你小心点儿，到时候千万别赖我的账哦。"

马金连连应承着，他偷偷望去，在刚才巴桑多杰站立的位置上，现在已经空无一人，碧绿的草地上连个脚印都留不下。

马金像是突然想起一件大事似的说："央金啊，后天祭海千万别忘了叫上我！"

央金说："你放心吧，你住这么久不就为了看那个嘛，我不会让你白住这么久的，免得到时说我骗你。"

马金笑了起来，扮出无赖的神情说："我住这里可不完全是为了祭海，到底为了什么又是为了谁，这一点你最清楚了。"

央金的脸红了，骂了句讨厌，又走去打酥油了。马金不得不感叹，这真是个勤劳的女人啊！

马金很幸运地跟央金一家人睡在同一个帐篷里了，本来是有专门的帐篷给他的，可他只住了一晚上就害怕得不得了，说是晚上听见狼嚎，像是鬼在哭。央金的父亲很爽快地说："那你就住过来吧，我们的这个帐篷大。"他被安排在了央金祖母的旁边，晚上都是和衣而睡，别看这时节已经算夏天了，可草原的晚上那真是够冷的，凌晨的时候能在草尖上结一层薄霜呢。

就这样，可以说万事俱备，只欠东风了。马金为了实现那个最美的梦，冥思苦想了很久。一天晚上，他拿起纸笔，开始写藏族人民最传奇的一位达赖喇嘛——仓央嘉措的情诗。仓央嘉措是马金的偶像，马金几乎可以背诵他全部的诗句，不过这天马金只写了一句："那一月，我转过所有的经筒，不为超度，只为触摸你的指纹。"他把白纸小心翼翼地叠好，假装想喝奶茶的样子，去找央金，然后成功地把纸条塞给了央金。

马金已经了解清楚了，央金是藏族中学的毕业生，是她家里学历最高的人，她精通汉语。第二天，马金仔细观察着央金，看她会对自己有什么样特殊的反应，但是他很失望，央金还是一如既往地对待他，该数落他的时候一点儿也不含糊。

马金拥有足够的耐心，第二天晚上他写了："那一年，我磕长头拥抱尘埃，不为朝佛，只为贴着你的温暖。”

第三天他写了：“那一世，我翻遍十万大山，不为修来世，只为路中能与你相遇。”

第四天午后的时候，马金正百无聊赖地在帐篷里打盹儿，央金进来了，对着他哇啦哇啦说了一大段藏文，本来就迷迷糊糊的马金听得更是一头雾水，他声音沙哑地问：“央金啊，你在说什么呢？你是在念经吗？”

央金说：“我是在说仓央嘉措的情诗，《那一月，那一年，那一世》。”

马金一下子无比清醒了，他结结巴巴地说：“央金，你，你看了那些诗句了……”

央金笑而不答，轻轻坐在马金的身边，突然说：“马金，你是个汉族人，只是个游客。”

马金听了这话反而激动了起来，他说：“汉族人又怎么了，你瞧不起汉族人吗？”

央金笑着摇摇头说：“我不是这个意思，我是说，我们的生活太不一样了。”

马金突然抓住了央金的手，很有些动情地说：“生活和生活之间能有多大的差别呢，有没有男欢和女爱之间的差别大？我汉族人和你藏族人之间的差别，有没有中国人和外国人之间的差别大？”

央金又被他的话给逗笑了，说："你知道我说的差别是什么意思。"

马金故意大幅度地摇头说："我不知道，我哪里会知道。"

央金忽然不笑了，她一本正经却又挑衅似的对马金说："马金你知道吗，实现你的那个梦其实是多么简单的事啊，只要你现在给我钱，我就可以和你一起骑马绕着青海湖跑一圈儿，你接受吗？"

这句话完全出乎了马金的预料，可他又知道央金的话就是赤裸裸的现实，他一下子陷入了深深的缄默，一段他压抑很久的记忆开始浮出水面。

真要说起来，还得追回到李向上的婚礼上。在李向上的婚礼上他之所以喝了个酩酊大醉，其中有个隐秘的原因——他一直暗恋李向上的老婆刘美妮。

刘美妮和李向上都是马金的大学同学，刘美妮长得真跟大明星关之琳一样漂亮，当时暗恋她的人有一个加强连，马金和李向上都是那加强连中的一员。可刘美妮一直没有男朋友，后来都工作好几年了，刘美妮的身边还是空着，大家都风传说那刘美妮对男人的要求可是太高了，一般人就不要去浪费心思了。马金就是那个时候才对刘美妮死心了，开始和他的第一个女朋友谈恋爱的。

结果又过了不到两年，有一天李向上找到他说："我要和刘美妮结婚了。"

马金立马就被打晕了，赶紧问怎么回事，之前一点儿风声都没听见啊。

李向上用一种奇怪的神情对他说："你只知道我开公司，可能不知道我这几年真他妈的赚了不少。"马金有些不解，这和刘美妮有关系？李向上笑了，说："很有关系。我只想告诉你，刘美妮也没有什么了不起，不过要价高点儿就是了，就那么回事。"

马金愣了半天说："那你还跟她结？"

李向上说："这不是废话嘛，干吗不结，值！"

所以刚才央金的那番话勾起了马金痛心的回忆，他就泥塑似的呆坐在那里，连眼皮都忘了眨。央金看着他的样子，突然放声大笑起来，是那种草原人特有的爽朗笑声，这笑声震惊了马金，把他猛然拉回到了眼前的情景中，他睁大张皇无措的眼睛望着央金，希望她能够告诉自己，自己真的那么可笑吗？

央金笑完了，用一种推心置腹的目光看着马金，对他说："马金，我知道你在想什么，你们汉族人肯定觉得钱能买到的女人都很贱，是吗？你们很有钱，但是你们很怕你们爱的女人提到钱，一提到钱你们就觉得她俗了臭了，所以你们觉得全天下的女人都变贱货了，而事实上或许是女人们再也不想装了，老是装冰清玉洁的谁不累啊。我们草原女人就是这样，这里赚钱并不容易，我们要养活自己就是这么直来直去的，我要是有了上千的牛羊，我也会天天读仓央嘉措！”

这番话说得暴风骤雨一般，央金的情绪也随着话语激动起来。而马金的内心更是被这番话横扫得七零八落的，记忆中刘美妮的形象突然统统都变作央金了，马金有些吞吞吐吐地问：“央金，你的意思是说，只要给你钱你什么都肯做，是吗？”

央金说：“我可不是那个意思，我们草原女人像男人那样劳作，养家糊口，但我们的灵魂是和青海湖水一样圣洁的，玷污灵魂的事情我是不会做的。”

马金被央金的话完全倾倒了，他有些悟了，原来这世上本没有什么脏污的事情，脏污的只是人的魂、人的心而已。人心脏了你就是干玉洁冰清的事情也总会带出假来；而心是明的，做起事来自然就像这青海湖一样圣洁坦荡。

突然，他自己也毫无准备地就说：“央金，我爱你，我第一次对女人说出这三个字，我爱你。”

央金没想到马金会突然间表白了，她少女的情怀还从未被人这样用语言挑逗和击中过，那些草原上的汉子见了她除了响亮的口哨就是直勾勾的眼神，因此央金的心怎么能不波澜起伏呢？

她深深吸了几口气还是觉得紧张，她的目光四处搜寻着，当她看到茶壶的时候，她得了救星似的说："马金，不说了，我们喝点儿奶茶吧。"央金提着茶壶出去煮了，半个小时后，央金提着茶壶进来了，不过她倒奶茶的时候，情绪都还没有完全平息，胸腹的起伏还有些乱，眼里的目光还有些散，就在这个时候，她头顶咖啡色的牛仔帽突然像受惊的野兔似的掉了下来……就在她戴好帽子转身准备离开的瞬间，马金突然站了起来，从后面抱住了她，他的手更是恰到好处地按在了她高耸的前胸。

就在那白驹过隙的一瞬间，马金充满了对未来的茫然以及对生命短暂多变的悲哀，他的内心深处像是有气泡涌出一般，他不由自主地呻吟着喊出了一句话：

"我多想时间突然停下来啊，就停在这一刻！"

祭海的大日子到了。这天早上大家起来得都特别早，尤其是女人们，天才微微亮就开始细致地梳头了，每一根头发都被梳得服服帖帖的，再将满头的青丝编成一缕一缕的小辫子，最后，拿出梳妆盒里那些珍贵的白银头饰来，小心翼翼地戴好，万种的风情就这么出来了。

男人们虽然大大咧咧不怎么修边幅，但也没闲着，要准备各种交通工具，拖拉机、摩托车、马匹，有钱人自然就准备了汽车，因为这天所有的人不分老幼病残都要到湖边去，去拜拜这浩瀚无边的神湖，去沐浴下神的恩泽，心头的苦难一下子就轻得像绵羊换季的新绒毛一样了。

马金也满心激动，早早就爬起来了，不过他看到央金的时候大吃了一惊。那个经常一身西部牛仔打扮的央金不见了，现在马金看到的是一个穿着盛装藏袍的央金，那种完全的民族大美让央金身上充满了神秘的诱惑，尤其是她温顺大气的双眼在这样的装扮下简直顾盼生辉，尊贵如土司的公主。

央金看到他就嫣然一笑，完全不像平时那么百无禁忌地与他打闹。马金的心儿像是草皮下的鼹鼠一般兴奋了起来，他想到今天的祭海大典他将和央金结伴同行，不禁在心中像藏族人般感谢了上苍和佛祖。

这时，他看到巴桑多杰朝这边走过来了。巴桑多杰是条汉子，说到做到，甚至都没使脸色给马金看，他一看到马金起床了，就爽朗地笑着走过来了，使劲在马金的胸前砸了两拳。马金知道那是什么意思，心中很有些感动。

简单吃了点儿早餐，人们就出发了。巴桑多杰用摩托车带着央金的老祖母先出发了，随后是央金的父母以及央金的小弟弟们，他们也跃上大马，耀武扬威地绝尘而去，只剩下马金和央金两个人了。央金牵着马走了过来，朝马金笑着，就如同他们第一次相遇般。央金说："咱俩只能骑一匹马了。"说完，她突然有些羞涩地笑了。

马金朝那棕色的大马走了过去，呼吸的频率很乱，很难把它调整均匀了。央金先跨了上去，静静地坐在那里。

这时马金看到马背上的褡裢露出了一把伞的手柄，为了缓解尴尬便问："今天会下雨吗？"

央金说："忘了和你说，每年祭海后，都会下雨，这是个奇怪的事情，很神秘吧？"

马金将信将疑地说："真的吗，会有那样的事情？"

央金伸出左手，拍拍身后的马屁股，说："快上来吧，要不来不及了。"

马金一时半会儿还没反应过来，竟然说："央金，我，我还是有些怕骑马。"

央金并不看他，说："你就坐我后面，扶好我就行了。"

马金突然明白了，嗓子里低吟了一声："央金呀……"

棕色大马撒开了蹄子跑，马金紧紧地抱着央金，一动不动，不过他的手很老实，没有乱放。他突然问："姑娘你叫什么名字？"

央金笑着说："央金。"

他说："央金这名字好啊，我叫马金，我们的名字都很值钱嘛！"央金笑了。他又问："我们这是去哪里？"

央金说："去青海湖边祭海。"

马金长叹一声，说："原来是去祭海啊，啊哈，我的梦实现了！"

央金转过头来笑着说："要收钱的哦。"他们心照不宣地笑了起来。

一路上，马金趴在央金的耳边，一首首地背诵着仓央嘉措的情诗，刚开始央金还笑骂道："你们汉族人怎么这么肉麻啊！"但马金依然严肃而深情地念诵着那些动人的诗句，像在暗夜中散播着鲜艳的花朵。

过了一会儿，央金也融进这情景中来了，告诉马金那首诗翻译得并不好，比起原文来差远了。说着，她用藏文念了起来，马金尽管听不懂，却觉得那音律宛如天籁一般。

在马背上颠簸了半个多小时，海一样的青海湖在眼前越来越阔大了起来，等到了湖边的时候，马金下马，觉得自己的屁股又疼又麻，央金让他活动活动，往玛尼堆里多填几块石头进去，马金听话地去寻找大石块了。

当马金心怀虔诚地把他找到的第三块大石头放进玛尼堆的时候，人群突然骚动了起来，马金伸长脖子望去，原来是活佛率领着手持祭器的喇嘛们走来了，他们围绕着经幡诵念起经文，人们陆续跟了进去。马金轻轻揪着央金的那个垂下的袖子也身在其中，一个几百人的队伍显得浩浩荡荡。

经文诵读完毕，活佛和喇嘛们走向神坛，用羊毛绳把神坛一圈一圈围起来，然后在周围插上了镇邪驱妖的法箭等祭器。这时几位红衣喇嘛吹响了祭海大典的号角，大家跟着活佛向湖边走去，活佛在湖边站了一小会儿，就向大家发出了指令，人群一下子沸腾起来，大家呼喊着，将装好祭品的绸缎袋子一齐掷向了湖中，浪花四溅。

马金看到巴桑多杰跟着其他小伙子骑马跑进了湖水，马蹄激起了巨大的水花，他们高兴放纵地叫喊着。央金的祖母也在央金父母的搀扶下，颤颤巍巍地走进了湖水里，撩起那碧蓝的水来洗脸，当她抬起头，满脸的皱纹里都是水，在阳光下亮晶晶的，有种夺目的光泽，她开心极了，又从脖子上摘下念珠，弯腰去洗。央金的两个小弟弟和很多小孩儿混迹在人群中，互相追逐打闹着，他们的笑声单纯如这高原的蓝色，而这庆典则是他们童年最好的节日。

马金和央金也蹲在湖边，他们把手静静地放进湖水里，感受着湖水的脉搏和温度。马金说："央金，你知道吗，我的城市就在海边，但我却在这儿被这像是海水的湖水给感动了。"

央金说："青海湖原本就叫西海啊，古时候跟海一样辽阔，是地地道道的大海。不过，你看那里，”央金指向远方说：“那是沙山，是青海湖不断缩小后露出来的。”

马金顺着央金的手看见了远处金字塔般的淡黄色山脉，有些伤感地说：“这么说，青海湖总有一天是会干涸的了？”

央金说：“这世界上本就没有一成不变的东西啊，除了这蓝天和天上的神。”

马金望着青海湖遥远处那海天交接的地方，那儿的云涛低低垂下，像是上天的阶梯。这时央金闭上眼睛，也和众人一道默念起经文来，那周身圣洁的光辉让马金不敢再看第二眼，他也闭上眼睛，仔细感受着迎面吹来的略带腥咸的湖风，他突然祈祷了起来，祈祷藏族人传说中的湖神会突然显现，让他这个没有信仰的汉族人见证一次神迹，让他空虚的内心从此心存敬畏。

马金期待的湖神没有显灵，他的手机却在此时不合时宜地响了。他看到是李向上打来的，想了想还是接了。

李向上一连串的话语通过无线电充满了马金的耳朵：“嘿，哥们儿，你还活着吗？你的梦实现了没有？要我说，算了吧，别傻了，你和我较什么劲呢，我跟你说个好消息，我帮你物色了一个女人，工作稳定是个公务员，人也长得不错，赶紧回来相亲吧！马金！你在听我说话吗？你在哪里，怎么那么吵？”

马金对着手机说："李向上，我告诉你，我现在就在梦中，你不要再打来了，因为我已经不打算醒来了！"

马金挂掉了电话，有种踏实的感觉在心中升腾而起，他想和央金分享这种感觉，他觉得实在是还有很多很多的话想和央金说，可他扭头一看，央金却不知道跑去哪里了，看不见她了，她的脚印也被湖水的浪潮给吞没了，放眼望去，只有欢快的人群和健壮的马匹在这天堂样的湖边喧闹着，可央金不见了，在那些欢闹的人群中怎么也找不到央金的身影。

"央金！央金！！央金！！！"

马金喊了起来，向着天高水远的地方竭尽了气力嘶喊，悲哀的是，人的呼号声再大也只不过比人的喘息声大些而已，怎么可能到得了那里呢？不过，天地间宛如有一种神秘的感应一般，这个时候，祭海后必然会出现的雨水猛然间就落了下来，打散了他的声音，模糊了他的视线。

他站在湖边，被这天地间的雨水给融化了，就像是一粒盐回归了大海。

"央金……"

有人在不断呼喊。

# 大 姨

记得我大姨的人不多了，她常年身上穿得整整齐齐的，只是脚上总穿着一双绿色的军用鞋。用西凤村的话来说，那种鞋叫“胶泥鞋”。胶泥鞋让她身上那些整整齐齐的衣服丧失了大部分的美学意义，变得很不协调。也许她心里啥都明白，但她还是那么穿着，因为干农活时会方便很多。大姨没有别的爱好，除了干活儿就是锻炼身体，都是在和身体做斗争。她早上慢跑，晚上散步，从不停歇。但老天无情，让她在五十岁刚出头那年得了一种怪病，胸闷气憋，经常感到精神不济，体内的脏腑有种说不出的难受劲儿，但她一直不去看病，她觉得看病太贵又不顶事，常常说：“是药就三分毒哩。”她去镇上买洗衣粉的时候，顺便买了几盘学习气功的 DVD 光碟，开始无师自通地练习起气功。

大姨对大姨父说：“我那不是病，就是气儿不顺，咱一把屎一把尿把启浩拉扯大，现在这崽娃子考上大学在城里工作了，却这么不孝顺。”

大姨父应和道：“就是的，早知道不让他上大学了。”

大姨就开始生气，开始难受，说：“不说了，我要练功了。”

那 DVD 里播放的也不知道是什么流派的气功，大姨也没想过去研究一下，或是问问村里的大文人启才，只是觉得气功嘛，就是让人体内的气得到控制，这样她就能少生一口气了。她总觉得人，尤其是女人，一辈子要是能不生气就是最幸福的了。

她在地上铺了块布垫子，学着电视里头的白胡子老头儿的样子盘腿坐好，两眼微闭，在意识中去感受气流在身体几大穴位之间的流动。这样反复练习下来，全身也出了一层薄薄的汗，大姨很高兴，说：“出汗就证明有效哩。”大姨父说：“我看你是憋的吧？”大姨说：“是有点儿憋，可这是气功嘛，有气咋能不憋。”

练了一个月的气功，那种难受劲儿不但没有减弱，反而一次比一次难受，但大姨还是坚持练功，甚至加大了练功的力度。她看到有些气功大师说可以“辟谷”，也就是可以少吃饭乃至不吃饭，她有时就不吃饭了，光喝些水，整个人开始消瘦，只有一双眼睛闪闪发亮。大姨照着镜子说：“你看我现在看起来多精神，我现在走路脚步都变轻了。”大姨父看着大姨的样子感到有些伤心了，就给她泡茶喝，给她温热的毛巾擦汗，睡觉前还给她洗脚和按摩。

大姨父说：“还是别练啥气功了，你越练越瘦了。”

大姨说：“瘦了好，身子轻了，精神头也好了。”

大姨父叹气说：“怕你营养跟不上了。”

大姨笑了：“只要气儿顺，比天天大鱼大肉强。”

大姨父不说话了，看着大姨由于迅速衰老而松弛的皮肤，心里一阵发冷。尤其是一些褐色的老年斑像是雨后的苔藓般，慢慢长在大姨的脸侧和脖子等处，鼻翼下的两道法令纹深不见底，洗脸的时候或许要鼓起腮帮子才能洗得到。只有大姨的眼睛与衰老无关，值得反复去赞颂，那里面有一种很亮的神采在时时跃动，大姨就用这双明亮的眼睛回视着大姨父的打量，然后说：

“你这样看我做啥？好像我已经死了。”

大姨父啐了一口，道：“胡说八道啥呢！我是在想，是不是叫启浩回来一下，看看你。”

大姨鼻孔里哼了一声说：“他回来做啥，看见他我的气儿就更不顺了。”

停了一会儿，又说：“就算他肯回来，他媳妇肯吗，那丫头心里头狠着哩。”

大姨父只好说：“那算了。”

大姨没有说话，坐在她的练功垫上发呆，她的眼睛望着窗外的院墙，只有他们两个人住的三层新楼被一片逃不开的寂静紧紧锁着。

一天，大姨父去隔壁繁盛家聊天扯淡，大姨一个人在家，难受劲儿突然就涌上来了，这次不管她咋样咬着牙运气抵抗，都没有用。那难受像是海啸似的，一浪接着一浪打过来，让她的身体里边完全解了体，精神上就算再坚强，都没有用。她在床上打着滚儿，哀号惨叫，把被子和枕头都踢下了床。不知道过了多久，感觉窒息的潮水在退却，大姨孤单地靠在床头上，眼睛里全是泪水，不是伤心，而仅仅是难受和折磨。

大姨很少为自己的生病本身而感到哀伤。

现在外边正是日头火辣辣的正午，大姨勉强爬起身来，喝了一大杯水，整理着衣服，捋好了头发，下定决心去卫生所找王三伯开些药。大姨站在卫生所四季敞开的白铁皮门前，咳嗽了一声，大嗓门里透着胆怯说：“叔呀！给我看看病吧，我受不得了。”王三伯正用擀面杖碾碎一些蓝色的药丸，头也不抬地说：“你那怪病福庆已经跟我说了好几次了，我看不了咧。”“福庆”就是大姨父，跟王三伯是堂兄弟。大姨呆愣了一会儿，问：“那咋办啊？”王三伯说：“你跟我也是亲戚哩，你拖到这时候才来找我。”大姨说：“我练功哩。”王三伯的鼻孔里鄙夷了一声，然后说：“啥也别说了，带你去城里的人民医院看看吧。”大姨瞪大了眼睛，不大相信地说：“咋？还要跑那么远？”王三伯继续碾药丸，不说话了。

王三伯的老婆这时走出来了，笑眯眯地安慰着大姨，还一起说了些不相干的闲话，大姨的心里才舒服了。不过，没多久，一股难受劲儿又冲上来了，大姨便急急地往回走，天气炎热得很，狗和牛都躺在墙边的阴凉里呼呼大睡。快到家门口的时候，大姨才想起来应该问王三伯要上几粒止痛片，那样应该会好受很多。但她却还是顺势就走回家了，也不知道为啥。

半夜的时候，病痛果然又发作了，那难受劲儿已经变成汪洋大海了，原有的时隐时现的岸头现在已经彻底消失了，越挣扎，就越发现苦海的无边。大姨在床上挣扎着，一副前所未有的狰狞表情。大姨父吓坏了，大姨父说：“来，我赶紧背你去卫生所吧？”大姨摇着头，示意不去。大姨父抚摩着大姨的脊背询问了许久，大姨才忍着痛苦憋出了一句话：

“气死我咧，今天忘了问王三伯拿些止痛片！”

大姨父愣了一下，说：“那你等着，我现在去拿！”

大姨说：“别！别叫人笑话咧！”

大姨父看着大姨痛苦而又坚定的样子，一时说不出话来。

第二天东山头上只有一道金边，大姨就坐着王三伯的拖拉机走了，一直等到天完全黑了，连叽里呱啦的孩娃们都被大人赶回家睡觉了，大姨才回来。进门时，她的右脚不小心磕碰在了不算很高的门槛上，她疼得骂了一句，看起来脾气有些大，从顶棚吊下的四十瓦灯泡子似乎都微微晃动了一下，昏黄的灯光让大姨的脸上有了一层捉摸不定的阴影。

大姨父披着一件制服样的蓝外套赶紧迎了上来，小心翼翼地问："咋样？"

大姨并不看他，也不搭腔，绕过他走到后院去，从缸里舀了几瓢水到脸盆里，很响地洗着脸，然后满脸湿漉漉地回来，钻进床上铺好的被窝里，睡了。

半夜，大姨掀开了被子，呜呜呜地哭了起来，一直在旁边失眠的大姨父反而放下心来，说："你能好好哭出来，就没事了。"他这么一说，大姨反而不哭了。任大姨父再怎么问，大姨一句话都没再说。

不知道在黑暗中又挨了多久，似乎外面有啥鸟开始叫了，叽叽喳喳惹人烦；一些咳嗽吐痰声也清晰了起来，就像窗玻璃上被人用指甲使劲抓了一下，听得人心都收紧了。大姨父起身，去后院的鸡窝里掏了两个鸡蛋煮了，又去羊圈里，挤了点儿山羊奶。弄好之后，招呼大姨起来吃早饭。

大姨在这个时候忽然平静了，她说："我不吃，我要先锻炼哩。"

她来到门外，往自家田地的方向慢慢跑了过去，这是她多年以来的习惯，每天早上都要时跑时走地转上这么一大圈儿，也顺便看看自家麦子的长势。她家的麦子跟相邻的几块地比起来，总是惹人嫉妒，因为从来都拾掇得整整齐齐，一丝不苟，麦苗也就生长得格外卖力。这种自豪感，只有地道的庄稼人才能体会出来，花了多少心血，用了多少心思，那可没有表面看上去的那么简单。一个好的庄稼人侍弄起田地来有时候比对自己的孩娃还要上心哩。

大姨看着自己的麦子，绿油油的，挂满了露水，心情竟慢慢好了起来。她的脚步就有些放快了，开始往回走，脑子里琢磨着昨天王三伯的话。王三伯说她的病可能比较严重了，一定要住院了。她这辈子从来没住过院，心里自然忐忑得很，最忐忑的还不是病能不能治好的问题，而是住在那里一天不知要花多少钱啊。这负担太重了，这负担最后还是会落到启浩身上。虽说启浩现在和她生分了好多，但毕竟是亲儿子，没啥问题哩。最难缠的，其实是启浩的城里媳妇，那才是和她积了三辈子的怨气呢，咋解都解不开。这次住院，万一她再闹上一闹，那真是气死个人咧。她想到这里，心里又开始憋闷了起来。

大姨跟儿媳妇的事情复杂着哩，一定得说道说道，因为追根究底的话，大姨的怪病或许和这些杂碎事不无关系呢。

启浩的媳妇叫吴茜，在城里一家民办大学的后勤办工作，工资不高，听起来却也体面得很。吴茜家是城里的，虽然也只是一般的普通市民，但在启浩面前还是很有些城里人的傲气的。他们俩确定关系后，第一次回西凤村，吴茜对启浩说农村的厕所咋这么脏这么臭；吃饭时又说咋连个炒菜都没有；晚上睡前又说咋没有热水洗澡……她弹嫌了一次又一次，尽管声音很小，或仅仅只是个微妙的眼色，却让启浩难堪死了。大姨倒是没有发现这些，或是发现了也不在意，在她看来，这是小事，毕竟是城里人，不习惯是正常的。第二天早上，隔壁繁盛走过来酸酸地对她说："你家启浩还挺能行的，找了个城里的媳妇呢。"大姨为了表明自家的志气，有些没来头地气咻咻地说："城里人咋咧，我看她长得也不咋的。"这句话不知怎么着就传到吴茜的耳朵里了，吴茜气哭了，揪着启浩的耳朵使劲拽扯着，哭闹道："你也不看看你家是啥模样，你妈居然还嫌我不好看！你追我的时候怎么天天说我好看？"启浩疼得哎哟哎哟地叫唤，连说："好看，好看。"一脸无辜和无奈的表情。

从那时起，大姨跟吴茜之间就有了一道深不见底的沟。

这道沟并没有随着日子的继续而弥合，相反，一单单鸡毛蒜皮的事都在用力挖深和拓宽着这道沟。

吴茜和启浩婚后不久，生了一个女儿。启浩是家里唯一的儿子，这下在大姨的感觉中是“断了后”了，大姨就很不高兴了，比大姨父还要不高兴。大姨对大姨父说：“人家福堂都抱孙子哩，你倒好，只能抱孙女了。”“福堂”是大姨父的亲弟弟。大姨父是个很温和的人，如果别人不说什么闲话的话，他对很多事情都无所谓，但是，一旦流言蜚语的箭矢飞起来，他总是最先倒下去的那个人。所以，大姨的态度也让大姨父对“断后”这件事情变得难以承受起来，居然一下子病倒了，王三伯给开了好几服降火通窍的药，都不顶啥用。

大姨打电话给启浩，说：“你爸病了，快起不来了，你回来看看他吧。”启浩一听，以为要出大事了，就赶紧让吴茜也请假，两个人带着不到一岁的孩娃赶回了西凤村。本来吴茜不想带她鸡娃子似的心肝宝贝，但启浩说：“我爸可能快不行了，他还没见过自己的孙女呢。”这番话说得吴茜心里一酸，就赶紧抱了小孩儿，跟他走了。回去之后，大姨见了吴茜没啥好脸色，对小孙女也是没有十足的热心，这一切都让吴茜记了仇了。但大姨父倒是奇怪，他见了小孙女，觉得小女娃也可爱极了，心里的石头一轻，病也就慢慢好了起来。

吴茜往深里一琢磨，也就明白这次是咋回事了。临走的那晚在偏房里把启浩骂了个狗血淋头，那声音也不再像以前那样纤细和压抑，而是变得凶狠和放肆了，什么难听拣什么说，把启浩惊得面无人色，几次想去捂她的嘴，她却更大声了。启浩只得把头钻进被窝里，听不见为净了。吴茜她就是要指桑骂槐，矛头对准大姨，她觉得自己受够了，以后再也没必要去忍让了。那夜晚，从不失眠的大姨怎么也找不着瞌睡的感觉了，一股闷气胀得她肚子难受，她使劲踢了一脚大姨父，大姨父却只是哼唧了一声，翻个身又睡熟了。

第二天早上，吴茜也不看一眼大姨，拎起自己的提包就走，刚一跨出家门，就恶狠狠地对启浩说："我以后再也不回这破地方了！"

启浩不想把事弄大，便闷头闷脑地提着行李只管往前走，任谁说啥都不搭理。

大姨看着他们头也不回地走了，突然无比难过起来，她感到再一次失去了自己熬干心血拉扯大的孩娃。之所以说"再一次"，是因为启浩还有个亲姐，叫启芳，是大姨的第一个孩子，三年前就和大姨不怎么来往了。那事说来就很简单了，就因为启芳在城里一家工厂打工时和一个河北的小伙子好上了，那小伙子家里穷得叮当响，家还在外地，大姨就死活不同意。结果，启芳一不做，二不休，和那小伙子就去领了结婚证，把孩子直接生下来，生米煮成熟饭了。大姨从没想到一向事事依从她的启芳会干出这样的事来，让她的脸全都丢尽了，她气得冲启芳大吼大叫：“你再别回来了，给我滚得远远的！”启芳就真的“滚远”了，和她男人跑到广州打工去了，一年到头连个只言片语都没有。从此，大姨每次吃完饭，不管饱不饱，都要打好几个很响的嗝出来，不然肚子就像气球似的鼓胀。可启芳的这股气还没顺呢，刚刚缓和了一丁点儿，没想到现今吴茜又给她捅了更大的一股气，大姨憋闷得心口都疼了，算来算去最后把这笔账竟算在了启浩头上。

你连自己的女人都管不好，还算什么男人嘛，还算什么孝顺嘛，大姨一遍又一遍地想。

不过启浩毕竟还是和启芳不一样，假如大姨疼爱子女有十成心思，那么启浩就能占七成，尤其是启浩考上大学，在城里工作后，大姨甚至是言必称启浩的。所以大姨对启浩的愤恨只坚持了一段时日，心里就又恓惶了起来，某天她忍不住问大姨父：“启浩多久没打电话了？”大姨父掐指一算，说：“差不多快一满月了，不像话！”大姨这次却没有骂启浩了，而是改了说法，道：“还不是吴茜那丫头在背后嚼舌根呢，我得到城里去一趟，看启浩还要不要我这个亲娘了。”

大姨说到做到，她准备好行李临出门的时候，才给启浩打电话，说她要来了，来帮着看娃。启浩还没来得及说啥，大姨就把电话挂了。

启浩那时还没买房，和吴茜挤在单位的宿舍里，就一个小单间，一生小孩儿，三个人都挤在屋里唯一的大床上，剩下的一条窄道般大小的空间里挂满了尿布和衣物。这个情况大姨明明是知道的，但她觉得自己一个农村人，啥苦不能受呀，而且她这次是真心实意要帮他们带孩子的，是来缓和关系的。抱定了这么严肃的目的，还有啥困难不能克服的呀？

大姨很快就到了，用巴掌惊天动地地拍开门，把行李很自然地递给启浩，让他放到屋角去。那架势没有任何初来乍到者的拘谨，而更像是她刚刚出门买菜回来。吴茜有些紧张地抱着孩子，从床上站起来，她对大姨的突袭全无准备，因为启浩根本就不敢把这事告诉她。大姨的心原本是悬空没底的，她怕吴茜会给她来个下马威，但她看到吴茜的紧张，以为吴茜示弱了，心想毕竟是个孩娃哩，便对吴茜笑着说："快坐下，要多歇着哩。"吴茜以为大姨来示好了，便坐下了，停了会儿问道："您要来咋连个招呼都不打，我们好准备一下啊。"大姨摆手说："我给启浩都说了，再说，也没啥好准备的。"吴茜一听就盯住启浩看，启浩说："不如我出去多买些菜吧。”大姨说：“好，你记得多买些鸡蛋，等会儿我做饭，我就是来伺候你们的。”

谁知道这时吴茜又站了起来，说：“你们都歇着吧，等会儿我妈就来了，我只吃得惯我妈做的饭。”

这番话一说，大姨就有点儿火大了，她压抑着自己，从门后取出扫把开始扫地。启浩有些无奈地说：“妈，这段时间的确是吴茜她妈照顾我们呢。”大姨只是简单地嗯了一声，并没有太多的表示。

没过多久，吴茜妈果真提着菜进门了，她看到大姨也在，怔了怔说：“亲家母，你啥时来的？”大姨说：“我刚来，我是专门来给启浩看娃的。”吴茜妈的脸有些紧绷，却又不知道该咋样说，只好说：“现在还好，白天都是我帮着看娃呢。”大姨突然站了起来，像热情洋溢的领导发表讲话似的说：“不好意思，让你辛苦咧，从今天开始，我白天夜里都能帮着看，启浩和吴茜都是年轻人，前途重要，让他们把心思都放到工作上吧。”吴茜妈听了后，挤出一个硬邦邦的笑容，就去做饭了。

这顿饭吃得是天地日月长，每个人都打定了主意不说话，空气中只是拥挤着吸溜吸溜的饭声，古怪得很。

吴茜妈临走的时候说：“那我明天就不来了吧。”

大姨说：“成哩，也该我照顾了。”

吴茜马上很大声地喊道："我的亲妈耶！"然后不容置疑地说："你明天只管来，我只吃得惯你做的饭菜。"

吴茜妈看了看自己的孩子，点头了。大姨还准备争辩一下的时候，吴茜妈已经走掉了。大姨怅然若失地呆愣了半晌，似乎有点儿弄不大清楚眼下的状况。而吴茜妈也的确是个厉害角色，果然说到做到，还是每天来做饭，从买菜、洗菜到淘米煮饭从不让大姨插手，大姨很想努力去帮点儿什么，吴茜妈都是很平淡地说："亲家母，你歇着吧，等会儿直接吃饭多好。"大姨便悻悻地坐回到小沙发上，看着不知道是啥内容的电视。还不单是个做饭的问题，而是啥事大姨都帮不上忙。小孩儿一哭，大姨想过去哄哄，吴茜见了便抱起小孩儿，给个背身，从不搭理。所以白天大姨是在无所事事的焦虑中度过的。

但不要以为大姨在夜里就没啥了，夜里才更要命呢。

启浩提议在附近租个小房间，让大姨先住着，但大姨死活不同意，她说："花那个冤枉钱干啥，我就是来照顾你们的，我随便凑合下就行。"启浩看着塞满东西的房间，也不知道可以咋样凑合。大姨默不作声地掏出被褥床单，就铺在启浩和吴茜的大床底下，说："我睡这里就成哩。"启浩百感交集，哽咽着叫："妈……"大姨倒并不在意，说："不就睡觉嘛，咋样不是个睡。"

夜里启浩和吴茜躺在床上，想着大姨就躺在他们身子底下，竟如芒在背似的难受，好像大姨一睁眼，就能透过床板打量着他们。他们不敢弄出一丁点儿声响，甚至连翻身都变得小心翼翼，尤其是启浩，后来干脆就不翻身了，直挺挺地僵硬在床上。大姨倒是睡得安稳，还时断时续地打起呼噜来，有一夜还说梦话，问大姨父："麦子割了没？咋还不去割?! "就这么着过了一个月，启浩和吴茜慢慢克服了那种古怪的、被透视的感觉，却还是被大姨的呼噜声给一次次惊醒。有时小孩儿夜啼，吴茜起来哄小孩儿，大姨依然躺在床下拉风箱似的响着呼噜，什么也没觉察，但是每当吴茜或是启浩夜间起身往痰盂里小便的时候，大姨就醒了，咳嗽一声问："娃咋样，闹不闹，用不用我帮忙？"启浩和吴茜吓得赶紧收了痰盂，披了衣服，跑到黑洞洞的楼道尽头去上厕所。

大姨就这么奇怪地扎根在启浩的生活中间，她似乎在和谁较劲似的，硬着头皮往下过，有一股子谁也无法阻挡的倔劲。不过她离开的时候却是再也没有了这样的心气，一场更大的风波让她自己都始料未及。

那时吴茜的产假已经到头了，不得不让大姨帮着看孩子。吴茜对大姨一百个不放心，却也没有办法，只好让她妈每日有空的时候一定过来和大姨一起看。吴茜妈的确很多时候脱不开身，因为她还要照顾吴茜的爸爸，一个轻度中风患者。大姨心中暗喜，对吴茜和吴茜妈拍着胸脯说：“我也是两个孩娃的妈哩，你们就放心吧。”大家也就开始试着信任她了。

大姨照顾起小孩儿来的确是尽心尽责，吴茜交代她的注意事项，她也都一一落实，说她一丝不苟也不为过。可吴茜妈过来帮看的频率一点儿也没减少，还是基本上天天都来，不得不说，吴茜妈同样是一个尽心尽责的人。但是吴茜妈的尽心尽责让大姨感到了一种不快，大姨觉得吴茜妈不过是不信任自己、防备着自己，才会那么频繁地过来，与其说是来帮忙，不如说是来监视的，当然，大姨的想法也不完全是捕风捉影。日子一天天过，吴茜妈的那种防备之心也早就淡漠了，每天来真的是发自想念，她很喜欢她的小外孙女呢。大姨并没有发现吴茜妈的这种变化，所以大姨的心中越来越憋屈，尤其是自己做得越好，心里越不痛快。

那天，大姨心里烦躁得难以排解，就抱起小宝宝，跟她聊天，好像她能明白自己的苦楚似的。可小宝宝哪里懂她说了什么，只顾哇哇叫喊着要喝奶。大姨拿起奶瓶一边喂奶，一边看表。快晌午了，吴茜妈差不多该来了，大姨突然心中一动，脸上有了一丝难以觉察的笑容。她说：“宝宝，我给你讲故事好吗，讲个狼外婆的故事。”大姨就开始眉飞色舞地讲起狼外婆的故事了，她没有觉察到吴茜妈推门进来的声音，她讲得太开心了，手舞足蹈，感到一股恶气终于找到了出口，心里舒服多了。吴茜妈一字不落地听了进去，气得脸上青青紫紫，眼睛幽深得像两口枯井，就那么静静站立着，瞪视着大姨。大姨抱着小宝宝在家里晃悠，一转身的时候，看到吴茜妈就立在她的身后，吓得魂飞魄散，连叫喊声都憋烂在嗓子眼儿了。最可怕的事情就在这时发生了，大姨的两手也吓得一哆嗦，小宝宝就像自由落体似的摔到了水泥地板上。一声尖厉的哭喊惊醒了两个对峙的人，两个人赶紧冲过去补救，但为时已晚，小宝宝的额头撞在了凳子腿上，鲜血直流，两个人吓得疯了一般，暂时忘记了争吵，赶紧抱起小宝宝往医院送。

比较幸运的是，小宝宝并无大碍，只是磕破了一点儿皮肉，医生给简单处理了一下就没事了。不过医生说："可能会留疤的，很小的疤，问题不大。"这话让大姨和吴茜妈失声痛哭了起来，吴茜妈抹了两把眼泪，然后使劲瞪了一眼大姨，就打电话给吴茜，把事情说了一遍，让她赶紧来医院。吴茜在电话里就哭喊了起来，待她来的时候，脸色乌黑，全身微微战栗着，像是一头愤怒的母兽。大姨看到她这样子，心里怯了三分，也羞愧了三分，但大姨觉得自己怎么说也是长辈哩，就什么话也不说，立在那里。吴茜走过去指着大姨的鼻尖骂道："你滚，你给我滚！"大姨脸上变得一点儿血色也没有了，她很想抽吴茜一巴掌，但她的手僵硬冰冷，不听使唤，手心全是冷汗。大姨挪动了一下脚步，想转身离开，但忽然间就瘫倒在了地上，人事不省。

突然的昏迷也许不能算是件坏事，因为它让大姨避免了更大的尴尬。等大姨醒过来的时候，启浩已经陪在她身边了。启浩一脸的怒气，他刚和吴茜大吵了一架，但他看到大姨醒来也没有什么好脸色。他说："妈，医生刚给你检查了，没啥大事。"大姨嗓子眼儿咕哝了几声，没说话。启浩又说："妈，你回家吧，在这儿受罪图个啥呀。"大姨闭上眼睛，忍着，啥话也没说。第二天，启浩就提着大姨的行李直接去了医院，接出大姨，就把她送回西凤村了。

这事就算告一段落了。回家后，大姨父每日里劝慰着大姨，大姨感到自己体内的精气神儿才又慢慢活泛了起来，不过再活泛，却也是细若游丝，整个人瘦得可以在风中打摆子。

大姨开始变得不大喜欢出门，生怕村里人知道她被儿媳诟骂的事，她感到自己完全抬不起头来。再加上腹胀打嗝的老毛病又犯了，大姨看上去一下子苍老了许多。大姨父气得想打电话去骂吴茜，大姨摆手制止了，大姨说："从今开始，别和我提这个人，咱家没这媳妇。"大姨父叹了口气，把电话丢下了。

日子还得过。而且总有新的情势推着人往前走。

西风村的人现在比以前都能富上一点点，可这日子刚一好过，攀比的风气就起来了，村里人全部都拆了旧屋盖新的洋楼。在这股风头下，大姨和大姨父商量着也要盖楼，这倒不是因为他们也赶时髦，而是不盖不行了，因为左边的繁盛家和右边的晓刚家都盖了，这两座三层高的新楼轰隆隆地一起来，她家的土砖老房看着就让人胃里泛酸水，黄色的土坯房被夹在新楼中间，像是随时都可以拆掉的杂货房。大姨嘟囔着说："这哪还像人住的房子呀？"

这天，大姨犹豫了很久，还是给启浩打电话了。启浩这时已经在城里买房子了，尽管刚交首付不久，但好歹也有个自己的家了。启浩接到大姨的电话，开口就问："妈，啥事呀？"因为他知道大姨没事是绝不会舍得打电话来的。大姨也就开门见山地说："我和你爸商量了，房，咱还是盖吧。"启浩还没来得及说啥，大姨又把话重复了好几遍，然后又说隔壁邻舍明摆着欺负人呢，说现在不盖，以后就更盖不成了。启浩叹气说："妈你也知道，我刚在城里买了房，哪有钱！"大姨的语调没有丝毫变化地说："嗯，房，咱还是得盖，我跟你爸都商量好了。"启浩说："那你们有多少钱？"大姨掐起指头算了一下，说："五千块吧。"启浩叹气说："五千？

起码要五万！”大姨声音大了，喊道：“不吃不喝咱还是得盖！”启浩说：“那我和吴茜商量下，这得借钱了。”大姨一听还要跟吴茜商量，气得骂了句：“咋这没出息的！”就挂了电话。

启浩为了证明自己是有出息的，也就没有去和吴茜商量了，自己找同事朋友借钱，一下子就负债累累了。瞒是瞒不住的，吴茜很快就知道了事情的真相，又是一次石破天惊的大闹，这次吴茜生气的原因主要是两个，一个是村里就只有大姨和大姨父两个老人，盖楼毫无必要；一个是借钱都不和她商量，每个月还银行的房贷都很吃力了，现在再硬着头皮借钱无疑是雪上加霜。启浩心里知道吴茜说得都有道理，但理是理，情是情，有些东西是说不清道不明的嘛。启浩便不吭气了，吸着烟，呆坐在沙发上。挺少吸烟的他，那姿势显得有点儿滑稽。吴茜一个人越说越气，抓起电话就要打给大姨，启浩一见急眼了，赶紧去死死抱住她，两个人争斗起来，吴茜喊道：“你就知道做孝子，不管我们自己死活！”启浩说：“做孝子不好吗，你当初还说找老公就要找个会孝敬父母的呢。”吴茜哭了起来，骂道：“你放屁！那你别和我过了，跟你妈过去好了！”启浩听了怒火中烧，一个巴掌打过去，吴茜大哭着跑回娘家了。

吴茜妈知道事情后，岂会善罢甘休，一个电话就打到大姨家了，大姨还没搞清怎么回事就被一顿臭骂。吴茜妈说：“你们自己穷就别再糟蹋孩子们啦，他们压力已经很大了，而且你们也要好好管管启浩，还敢打人，不像话，家庭暴力嘛！”大姨被说得晕头转向，张口结舌，大姨父更是个嘴笨的人，只是气得在一边呼呼喘气，嘴里蹦不出一个字来。吃人家的嘴短，拿人家的手软，大姨知道启浩给他们的五万块全是借的，光凭启浩一个人肯定是还不起的，到时还得启浩和吴茜一起来还这笔钱，便只得低三下四地说：“启浩这次是不像话，怎么能打人呢，到时我一定说他。”吴茜妈这才消了气，把电话挂了。

大姨在床上绵软无力地躺着，不分日夜，三天都没怎么吃饭，嘴角起了很多白色的皮屑。大姨父也是有气无力地伺候着大姨，当他们面面相觑的时候，都觉得沮丧极了。三天后，大姨长嘘了一口气，说：“不管怎样，房，咱还是得盖。”大姨父点头说：“对，只要咱这口气还在，咱日子就得过得漂亮。”

有了钱，盖房还是很快的，不到三个月，一座小洋楼的雏形就出来了。大姨和大姨父看着房子心情越来越舒畅，不管走路吃饭还是睡觉都慢慢地不再长吁短叹了，有种美滋滋的情绪愉悦着他们。可这天，他们和泥瓦工正干得热火朝天的时候，隔壁的繁盛媳妇走过来说：“后院的界墙不能那么盖，每一块地方都要重新商量过才行哩。”大姨不解地说：“不就是按原先的界墙新盖的吗？”繁盛媳妇说：“原本那界墙和我家的核桃树有一拃宽的距离呢，现在那界墙和树都挨到一起咧，不相信你去看看。”大姨将信将疑地和繁盛媳妇去看了，大姨沉吟了一会儿说：“树是活的，可能是树长粗了。”繁盛媳妇说：“这才不到一年的光景，啥树能长粗一拃宽？！你简直是耍赖嘛！”大姨一听也不高兴了，说：“你说原来一拃宽就一拃宽？谁知道是不是，我又没量过！”

就这样，一场嘴仗愈演愈烈，两个人说的话也越来越难听。但是要说起吵嘴的功夫来，整个西凤村谁也没有繁盛媳妇的嘴能说，那是有名的碎嘴滑舌，把没理先说成有理，然后再得理不饶人，要是还说不过，那就装傻充愣，撒泼胡闹，破口大骂。大姨哪里是她的对手，几个回合下来，大姨已经满脸通红，口干舌燥了，但繁盛媳妇的气势还如日中天着哩。大姨说：“我不和你这烂嘴说咧！”一扭头就跑走了。繁盛媳妇更觉得自己得势了，几个箭步跨过去，站在了大姨家的正门口，手叉腰开始高声叫骂起来，不知道一连骂了多久，连看热闹的人都散光了，她还在骂，直到繁盛从外面做工回来。繁盛见自家媳妇在那儿撒泼，把正骑着的自行车往脚底一扔，扑过去就是一拳一脚，把媳妇打倒在地。繁盛媳妇从地上爬起来，抹了一把血鼻涕，冲繁盛笑着说：“不是你狗日的回来，我今天非要出她的丑不可！”繁盛给媳妇屁股上又踹了一脚吼道：“对咧对咧，赶紧回家去！”

房子还没完全盖好哩，没想到又遭遇了这么一股恶气，大姨气得没法出门，一出门只要被繁盛媳妇逮住，就是一顿好骂。大姨为了息事宁人，让人给繁盛媳妇捎话，说界墙就和核桃树离一拃宽行不行？繁盛媳妇一看大姨示软了，便得寸进尺，说：“树还要长哩，以后怕是还要跟墙挨住，现在看来，得两拃宽。”大姨得知后，整个人快被气疯了，连连骂道：“这也太欺负人咧！”大姨父蹴在还没竣工的门楼前面，气得说不出话来，大姨走过去在他肩上打了两拳说：“这咋弄啊，找村委调解也不成，支书是繁盛的舅舅哩，哪会向着咱？”大姨父咳嗽了两声说：“支书咋了，支书也是农民，可咱启浩是城里人哩。”大姨一听，仿佛看到了希望，马上说：“对，咱是得跟启浩商量下。”

启浩在电话里先是劝慰，说两拃宽就两拃宽，能有多大块地方。大姨不听，说咽不下这口恶气，说你妈你爸叫人上门骂了几个钟头，你到底管还是不管？启浩的心里也觉得憋屈难受，有些沉默，在这间隙，在一边拖地的吴茜说了一句：“活该！要不是非要盖那个房，咋会惹这么一身臊。”大姨是个顺风耳，尤其敏感别人背后的闲话，所以把吴茜说的每个字都听进去了，顿时气憋胸闷，眼冒金星，话筒都在手里颤抖起来。大姨用最后一点儿气力说：“以后我哪怕要饭去，我都不会要到你门口！”挂了电话后，启浩和吴茜又是一顿大吵大闹，吵到夜深人静、人困马乏的时候，吴茜说：“不吵了不吵了，反正你妈就是太自私了，不顾儿女死活。”启浩说：“我妈不是自私，我妈只是心气儿太硬了。”启浩后来在办公室背着吴茜又给大姨打了十几次电话，终于让大姨同意了把界墙往内挪一挪。真的这么一挪，繁盛反倒觉得很不好意思了，专门提了两瓶酒和一条香烟，替他媳妇登门来赔罪了。大姨的态度显得很冷漠，等繁盛走后，她对大姨父说：

“占咱那么大的便宜，就用这点儿东西给打发了，丢人现眼哩！”

亮晃晃新崭崭的楼房终于建好了，大姨和大姨父看着偌大的房子，心底却没有预想中的高兴。大姨打电话给启浩，让他回来看看。启浩想拉着吴茜一起回去，但吴茜死活不肯，还说：“一屁股债还不知要还到猴年马月呢！想起来就绝望。”启浩便自己去了。大姨领着启浩上了新房的二楼说：“你看这里头装修得咋样？不比你城里头差吧？这是专门给你们三口子弄的。”启浩心里突然很难受，或许是想到不知什么时候自己一家才会来住，就算来住又能住几天。

启浩走后，大姨的生活彻底平静了。那么大的房子，平时就大姨和大姨父两个人住在里头，两人真没觉得宽敞舒服，反而总觉得地方太大、房间太多，弄得心里也空了起来。

大姨的怪病就是住进这新房半年后的一天早上首次亮相的。

那天有人拉大姨父进山拜神，大姨说："你去就去，早些回来就是了。"大姨父一走，大姨躺在床上感到周围空得发瘆，打开电视，那声音也空得像是从很远处飘来的。大姨便调低了声音，躺在床上，似看非看地休息着。后来便睡着了，拉拉杂杂做了些梦，醒来后突然感觉不知道自己在哪儿了，待到慢慢意识清楚了，就被一阵没来头的悲哀给打倒了，觉得这辈子活得太累了，想好好哭上一场。大姨以为那难受真是从心里发出的，就试着哭了一气，可哭完还是难受，气憋胸闷，折腾到第二天还不见好。从此，这个怪病就附在大姨身上了。

大姨对这怪病忍了好久，从没想过去医院看看，倒是锻炼上更勤快了，外加上自学气功，以为总会赶走这股难受劲儿的。因为这股难受劲儿太不像是普通的病了，只像是在心底肺内有一股气不通顺，大姨觉得只要哪天那股子气顺了，这病不用治也就好了。就这么拖着，一直等到实在忍受不了的那一天，王三伯才带她去城里看了，她记得看完病后，当时王三伯脸色变得铁青，像突然生锈似的，眼神更是飘忽不定，不敢看她，只是告诉她挺严重的，恐怕要住院哩。住院是啥样个事情，大姨也没经过，只知道不到迫不得已村里人谁敢住院。大姨的心里就一直打边鼓，琢磨自己住院的事。

现在，话说回到大姨打定住院主意的那天早上。大姨去看了自家的麦子，心里一高兴，就猛然想通了："麦子都活得这好的，人咋能不好好活着呀？住院就住院吧。"这心里马上就踏实了。她又站着看了一会儿麦子，突然预感到了什么似的，赶紧往家走，进家后二话不说香香地吃了早饭，对大姨父说："我出外转转去哩！"大姨父满腹狐疑地望着她说："用我陪不？"大姨说："你就在家歇着。"大姨把浑身上下的衣服捋整齐了才走出去，脚上换了一双多年不穿的黑皮鞋。大姨走在西凤村的街道上，见到每个人都热情地打着招呼，所有的大道小径都被大姨走了一遍，每家每户的熟人大姨都去打了招呼，包括路过繁盛家，大姨都上前去和繁盛闲扯了几句，坐在小板凳上洗衣服的繁盛媳妇抬起头来好奇地打量着大姨。大姨走开的时候，对繁盛媳妇也微笑了一下，就像从没吵架那档子事一样。繁盛媳妇呆坐在那里，愣了许久。

大姨在村庄里转完每一个细节角落后，回到家，一看表都快十二点了，赶紧张罗着做饭，并让大姨父过来帮忙。大姨这次也不问大姨父想吃些啥了，而是自顾自地做起棍棍面来，这是大姨最爱吃的，而大姨父却不怎么感兴趣。大姨对大姨父说："你要不想吃，给你另外做些啥吃？"大姨父摇头说："棍棍面也好吃哩。"大姨就不再吭气，手脚麻利地忙活着，不一会儿，就把面做好了。大姨今天格外多放了些臊子肉，多放了些油泼辣子，香香美美地吃了起来。一连吃了三碗后，大姨打了几个饱嗝，又舀了一小碗面汤喝了，才说：

"今天下午帮我收拾东西，明天我得住院了。"

"住院？为啥？"大姨父嘴边的一根面条还没来得及咬断呢。

"为啥？病了呗，好像不轻，王三伯让我住院哩。"大姨轻描淡写地说。

"啥病啊？"大姨父瞪大一双有点儿混浊的眼睛追问道。

"不知道。"大姨双手抚摩着肚子，说，"今天才吃美咧。"

吃完饭，两个人还躺下午休了会儿，午后才起身收拾东西。其实也没有什么好收拾的，最大的行李是一床铺盖卷，大姨父说："这个我得带上哩，到时我得守你边上照顾，对着吗？”大姨说：“启浩那里有吧？”大姨父说：“能少沾他们的就少沾，免得他媳妇又碎嘴乱说。”大姨说：“他毕竟是你亲儿哩，我要是这次回不来了，你就搬到城里跟他住吧，不然你咋办。”大姨父呸呸吐了两口，气哼哼地说道：“胡说八道，那城里是咱住的？！”

大姨准备停当，进城住院了。不过她临走前把屋前屋后的活计都干了一遍，大姨父气得说：“你就是个劳累命！”大姨站在那里，穿着胶泥鞋，眼睛鹰隼样望着自己的院落，看还有啥活儿给落下了。直到她临上车的前一秒钟，她的心思都还在活儿上。她坐在进城的车上对大姨父说：“都说农村人命苦，有干不完的活儿，但不让干活儿了，还难受得很哩，贱身子！”大姨父说：“唉，就是的！”

王三伯带着大姨在城里医院办好住院手续，住下了。大姨他们居然都没有通知启浩，王三伯问了好几次为啥，大姨父只是说再等等。王三伯寻了个机会，伸手搭住大姨父的肩膀，看着大姨的背影说：“老哥，你得有个心理准备了，嫂子这回怕是凶多吉少。”大姨父浑身一个哆嗦，差点儿坐地上。王三伯继续说：“可能也就是这几个月的事情咧。”大姨父感到王三伯的胳膊像压路机似的快把自己碾碎了，嘴里嗫嚅着说：“到底啥病吗？”王三伯只说了一个字：

“癌。”

大姨父当天晚上就通知启浩了，启浩惊得面无人色，吴茜也深觉意外，说："你妈那身体不是比男人还强吗？"启浩看了一眼吴茜，点点头又摇摇头，一句话都说不出来。稍后，他们小两口第一次和和气气、客客气气地出现在了大姨面前，对大姨嘘寒问暖，关怀备至，尤其是吴茜，一直努力去讨好大姨，尽管能看出她的表情动作逃不开僵硬的痕迹。那晚大姨真高兴哩，去外边下了馆子，吃了些城里口味，和启浩两口子说话也开心。回去病房里躺下睡觉的时候还觉得自己干啥要住这个院，有些小题大做。但等到睡到后半夜醒来，周围一点儿声息都没有的时候，她才有了很深的惊慌，她在黑暗中叫着大姨父的名字，没人搭理，她这才想到大姨父去启浩家睡了。她把今天的事情从头到尾又仔仔细细琢磨了一遍，居然也就猜到了七八分，她长叹了一口气，感觉身子冷了下去，咋睡也睡不着了。

第二天医生建议大姨转院，王三伯忙前忙后都给帮着办了，然后大姨被转到了城里的肿瘤医院。这下大姨心里完全确定下来了，变得面如死灰，但每个人都还尝试着去骗她只是个小问题，她也不揭穿，只是嗓子里咕哝几声表示回应。然后很快便是化疗，肉体的最大痛苦出现了。大姨的头发开始一根根脱落，一缕缕脱落。大姨为了头发哭了两三次，然后让大姨父用毛巾把她的头围起来。很快，癌细胞开始扩散，全身各处的疼痛让大姨全身挂满了蒸桑拿样的汗水，不过大姨应该还搞不清啥是桑拿呢。大姨父、启浩、吴茜三个人三班倒，为大姨擦汗，以及各种照料。三个人都面容憔悴，瘦了好多，尤其是启浩，突然间就像个中年人了。

就在这个时候，一个让大姨牵肠挂肚的人突然出现了。

那是启芳，几年的漂泊生活，让她的外表看起来与城里姑娘毫无差别，只是多了一层磨难的沧桑之气。启芳这年小赚了点儿钱，就打电话给启浩，问妈咋样，还生她气不，结果得知大姨病重住院了，二话不说赶紧回来了。现在启芳坐在大姨的病床边，泪如雨下，大姨起初没认出她来，疼痛让她的眼神变得呆滞，她就那么呆呆望着，直到突然认出的那一刻，大姨闭上了眼睛，轻轻叫了声："启芳。"这句呼唤让启芳完全失控了，哭声像野马群冲破栅栏似的冲了出来，哭喊道："妈耶！我差点儿就见不到你了！"大姨的眼泪和全身的汗水一起冒了出来，湿淋淋的，让她看上去像是个溺水获救的人。大姨的手指哆嗦着，勾住启芳的手说："再别走了。"从那天开始，启芳果真再没离开过大姨的病床左右，别人都是轮换着来照顾，只有她一个人雷打不动地坚守。启浩硬拉她休息，她说：

"我为了妈，工作都辞了，所以我是全职看护。让咱爸多休息吧，他年纪大了。"

“那好，明天我让爸别来了，在家歇着。”启浩说。

第二天大姨父没来医院，可也没在家歇着，而是直接回西凤村了。他觉得大姨是撞了霉运，被鬼缠身了，要回去拜拜先人和鬼神哩。他买了几麻袋的冥币在村中央的路口处烧了，而且是大半夜的去烧，边烧边嘤嘤哭着，有人被吵醒了也不敢去劝慰一下。接下来的几天，凡是有坟有庙的地方他都去烧了，满脸满身都是一层黑黑的灰。能烧的地方都烧了后，大姨父给启浩打电话，问：“你妈好点儿没有？”启浩哽咽道：“化疗停了，现在全靠静养了。”

大姨父赶回医院的时候，大姨坐靠在床头上，启芳正在喂她喝燕窝，那燕窝居然是吴茜妈专门做了给大姨送来的。吴茜妈来了后，径自拉着大姨的手，两人也没说上啥话眼泪却下来了，吴茜妈也没想到自己会有这么大的反应，她掏出纸巾擦了泪，然后用毛巾给大姨的身上擦了一遍汗才走。大姨父在医院楼道里撞见吴茜妈，吴茜妈用红肿的眼睛盯着大姨父说：“节哀吧，可以准备下后事了。”大姨父憋了口气才说：“你能来看她，她心里谢你呢。”吴茜妈擦着眼泪扭头跑走了。

很多人在弥留之际都会有回光返照的现象，但是大姨却没有，持续的疼痛一直折磨着她，越到晚期，她就越没有机会去悲哀一番，甚至，悲哀都显得太过奢侈了，只要能快点儿结束这个过程，就算阳寿提前结束了她都愿意。所以她完全放松了下来，静静等待着。在疼痛的间隙，她就会简单地说点儿啥，都是些田里的农活和家里的琐事，她的这些话跟我们理解的“遗嘱”没有任何一丁点儿关系。

启浩目睹着大姨的日渐昏沉，开始夜夜失眠，他预感到自己即将失去生命中最重要的部分，尽管他对那部分的内涵与意义还不大能确定。他瞪着一双黑眼圈，在黑夜里使劲看着前方，觉得需要挽救些啥了，思前想后，突然想到些什么。他赶紧问同事借了一台摄像机，要将大姨最后的音容笑貌记录下来。

这台摄像机实际上很小，通常都叫“小 DV”，但大姨还是受到了惊吓。她知道这是录像呢，村里有些年轻人结婚都用哩。她把脸侧过去，轻声说：“我现在的样子难看死了。”大姨父就抓住大姨的手说：“给娃们留下些念想吧。”大姨就闭了眼睛不再说话，能感觉到疼痛在大姨体内的涌动，她眉头紧皱，全身上下又是一层微汗。启浩就安静地拍摄着大姨，觉得有千言万语要和大姨说呢。启浩便尝试着对大姨说：“人家妈和孩娃一天到晚啥都聊哩，你咋跟我们都不咋聊？”大姨忍了一会儿疼说：“跟我说好话我不爱听哩，我就是要看着你们真的好了我才高兴。”启浩说：“妈，咱应该多交流，互相理解才好哩。”大姨听了这话，睁开眼睛，睁大了眼睛，那眼睛自从病发后就像快灭的煤油灯样昏暗，现在那眼睛的中央突然有了曾经的神气和光彩，就像在那里突然间涌现了一个湖泊似的，波光光亮晶晶的。她就这样看着启浩说:“娃呀,你的苦我都知道,你别以为我啥都不知道,我啥都知道，俺娃孝顺着呢，俺娃给他妈争气着呢。”启浩紧紧握住大姨的手，大姨又说：“我啥都知道。”然后望着启浩笑了一下，那笑容非常缓慢，好像不是大姨在笑，而是她的整整一生在这笑中展现着自身。多年以后，当我在启浩那里看到这段 DV 画面的时候，大姨的那个缓慢的微笑给了我一种复杂的情愫，将我深深打动，以至于久久说不出话来。所以可以想见，启浩当时看到这微笑时的心情，该是一种怎样难以言说的悲痛呀!

大姨的故事其实在这里已经接近了尾声。本来在一个人珍贵的生命结束前的这段时日,应当被赋予浓墨重彩的一笔,但是大姨的生命终点只有一望无际的疼痛，这时候，死亡一方面变得极其暴力，另一方面又变得循循善诱、召唤不已。我不想再去重复这个残酷的过程，我只需要讲述的是，仅仅一个月后这个世界上便再也没有了大姨这个人了，她的气憋和疼痛结束了，只有她的身体作为她曾存在过的一种象征性的遗留物，被送回了西凤村，葬在了早就选好的坟地里。

三个月后的一天，我的父母亲和我从繁忙的工作中抽出一周的时间，回到了西凤村。我们这次回来不是专程来祭拜大姨的，主要是为了我们家老房子的宅基地问题，那都是一些很琐碎的事务，处理完已经是假期的最后一天了。我母亲对我说："赶紧去多买些纸花，我们看你大姨去。"我就上村口的玉花家里买纸花，不但买了两个很大的花圈，还买了金山银山，买了汽车洋楼，买了彩电和电脑，虽然都是纸糊的，但看起来居然真是栩栩如生，不亚于一些玩具模型了。我父亲来到家门外，掏出手机，打电话到大姨家找大姨父，却久久没人接听，我们和一大堆纸花站在外面的路上等了很久，眼看着太阳就往西凤山那边掉了下去，我父亲把沾惹了一层灰尘的黑皮鞋在地上使劲跺了几下，对我说："你大姨父肯定打麻将去了，他现在除了打麻将啥事不干，唉，等不上了，咱走吧。"又说："前几天我记得你大姨父说那坟地只有两座新坟哩，虽然都还没立石碑，但你大姨的坟口里有个烧了半截的红蜡烛。"

我开着租来的一辆车，载着父母和纸花朝着坟地的方向驶去，那是在西凤山下的一大片荒地。一路上我看到了无数的坟头乃至坟场，心里像装满了沙子的麻袋似的沉重。到了埋葬大姨的那片坟地，我们下车发现好多残碑碎石横七竖八地躺在荒地上，我父亲说："现在人多地少，要死人给活人腾地方哩，所以就没敢给你大姨立石碑，再等等看吧。"我听了心中一惊，有种难言的悲痛。我们开始寻找大姨的坟，的确是有两座新坟，一个在东头，一个在西头，别说没有石碑，连个木牌子都没有。据父亲说原来肯定是有木牌的，但有些穷苦人就偷走当柴给烧了。我在两座坟头间来来回回跑着看了几次，看到两座坟的前面都有一个红砖搭成的坟口，但奇怪的是，两个坟口里都有一截子烧了一半的红蜡烛。这让事情变得有些复杂，我让父亲再给大姨父打个电话，父亲打了，还是没人接听。父亲说："那就选一个烧吧，不然来不及了。"我说："选哪个呢？"父亲就指着离他最近的这座坟说："就这个吧。"我看了他一眼，他满脸的认真与严峻，他说："心到了就成咧。"我便拿了纸花过来烧了。沉默了许久的母亲开始嘤嘤哭泣了，轻声叫着："姐，姐，姐姐……"我们先把汽车和洋楼烧了，然后开始烧花圈，突然母亲像是记起了啥似的对我喊道："万一这真的不是你大姨呢？！"我和父亲沉默着。母亲便拿着剩下的电脑电视等纸花去了另一座坟头前，烧了起来。烧完后，我们一家人先是站在东头的坟前鞠了三个躬，然后又来到西头的坟前鞠了三个躬。这时候，天已经完全黑下来了，我看到地面上的黑要远远黑过天上的黑，像是有一种完全陌生的物质从土地下面渗透上来，正在把我们一点点淹没，让我们变得寸步难行。

# 我的粉，我的小笨鸟

父亲就这么死掉了，让他无法置信。

那天全市的音乐家在艺术中心开会，他的钢琴家父亲就坐在最后一排。他的父亲不善言辞，对这样的开会活动不感兴趣，每次来了都是趴在桌子上，像是一头忍受夏季的北极熊。这次父亲也一样，趴在那里，像是熟睡了一般。中场休息的时候，父亲还一动不动的。音乐家们往往都比较斯文，觉得那个人可能太累了，都没人去叫醒他。然后是下半场的会议，一小时后，会议结束。这时候，大家才觉出了不对劲，有人用弹钢琴的指头轻轻敲敲桌面，试图用有节奏的旋律唤醒父亲，但父亲不为所动。人们只好直接用手搭在他的肩膀上，晃了晃，这一晃，父亲就软溜溜地滑了下去，侧躺在了地面上。他的脉搏已经摸不到了，身体彻底冷了，连医院都不用送去了。

他，沈玢，经常会凝神冥想这个场景，仿佛自己就在会场上，那种无能为力的痛苦反复折磨着他，让他心绪难平，夜不能寐，时常被噩梦惊醒。他无法理解父亲的死亡，为什么会是这么静默的方式？过于静默，反而最为突然。他宁愿父亲得一场大病，然后他一天天目睹着父亲的憔悴，看到死亡的阴影一天天变浓加深，最终才将生命整个儿吞噬。他这样的想法是多么自私，他当然清楚，但他无法克制自己那样去想，钢琴家父亲带给他的与众不同的气质，让他将死亡想象成一场交响乐般的战争。他无法理解静默无声的死亡，就像他无法理解没有硝烟的战争。

母亲早已和父亲离婚并再嫁，那个人好像是一个官员，他甚至都没有去了解清楚。他并不恨她，他们只是疏于联系，他觉得她像个陌生人。明明那个人是自己的母亲，却总觉得自己的母亲另有其人，这种感受长期困扰着他。他愈是困惑，愈是不想联系母亲，便愈是疏远，这简直成了恶性循环。母亲见他淡漠的样子，以为他心里恨了她，也是苦在心底，隔膜了原本融洽的母子之情。

他还记得那个暑假，他考上了北京的一所重点大学，足足兴奋了一个学期，等他寒假回到广州家中的时候，却发现，父母已经离婚了。那种感觉不啻从天堂跌落地狱。

——为什么？为什么？

他反复问，不争气地哭了，像个孩子。

——因为你已经长大了。

这是他们给出的一致答案。他被这个答案激怒了，好像他要对他们失败的婚姻负起责任来似的。他吼叫着，像头受伤的幼兽，他们第一次没有来安慰他。母亲躲在一边暗自垂泪，父亲一个劲地叹气。亲爱的爸爸妈妈再也没有亲切可言了，他忽然间不再愤怒了，不再嘶吼了，因为他被另一种情感给打败了。那就是恐惧，对成人生活的深深恐惧。

接下来，他一连三年，都待在学校里不回家，借口自己在做兼职，想丰富下工作经验。母亲来看他，他们在圆明园的废墟里聊天。他以为自己终于谅解母亲了，谅解上一代的爱情了，但半年后，父亲告诉他母亲再婚的消息，他一下子又愤怒了，曾经的谅解变成了误解，他等待着母亲的解释，可是没有，母亲一直没有主动联系他。终于，他无法忍受了，给母亲打电话，母亲正在忙着什么，电话那边传来无比嘈杂的声音，只听到母亲说以后一定会给他一个解释的。但后来，她还是没有解释，他也没有再问。是的，为什么要解释呢？还有什么要解释的呢？毕业前夕，他终于回了广州，母亲叫他吃饭，同席的还有那个人，那个他不知道该怎么称呼，更不知道该如何评价的人。

但另一方面，他和父亲的关系却耐人寻味。自他赴北京上大学以后，父亲从来都没去看过他，电话也算不得多，但他却从来没有责怪过父亲。他一直没有认真想过这个问题，还是在和母亲交流时，母亲指出来的。母亲委屈地说："孩子，最疼爱你的人就是妈妈了，你还这么责怪妈妈。你看看你爸，他什么时候关心过你，你却从来都不怪他，你对我也太不公平了吧！"他一时语塞。难道是爱之深，责之切吗？但他心底深处对父亲的爱，一点儿也不逊色于母亲，这究竟是怎么回事？

他唯一恼怒过父亲的事情，是关于他的名字。沈翂。"翂"是什么意思？小学四年级的时候他才去问父亲，在此之前他都是自做解释。他告诉小朋友这是鸟飞翔的样子。你们看，两个长满羽毛的翅膀在鸟身上分开来，不就是飞翔的样子吗？小朋友都叫好，羡慕他有个好名字，最重要的是，那个字复杂的写法，让他从来都没有同名同姓的烦恼，什么"强""伟""燕"，在花名册上总是一个接一个，而"翂"，别说出现了，很多人根本就不认识。在四年级的那一天，语文老师布置作文题目"我的名字"。老师说："你们都回家去问问自己的父母，为什么起这样的名字，然后写出名字背后的故事和寓意。"他满心欢喜，去问父亲，父亲说："查查字典不就知道了。"父亲给他搬来最重的字典《辞海》，找到了那一页："你看，这个字念 fēn……"他来不及听父亲往下读，便发现了最震惊的事情：“翂”字是飞翔的样子不假，却是形容飞行时那种缓慢迟钝的样子。换句话说，就是“笨鸟”的意思！

他是一只笨鸟？父亲希望自己是一只笨鸟？他被这种想法刺痛了，哇哇大哭起来。父亲赶紧安慰他，说怎么会是那样的意思，是希望他做事能持之以恒，然后成就大事。父亲翻到了成语“笨鸟先飞”的那一页，给他看。“那只小鸟不算聪明，但是非常努力，最终比别人都飞得远。”钢琴家父亲用音乐般轻柔的语调给他讲述。他还是不答应，他问父亲，难道自己不算聪明吗？父亲说：“当然不是，你很聪明，非常聪明，所以你要是比别人再勤奋一些，你肯定能取得更大的成就。”他破涕为笑，被父亲说服了。这篇作文他写起来非常顺手，表达了自己渴望勤奋的进取心情。

意料之中地，这篇作文得到了老师的好评。老师拿着他的作文，在课堂上念起来。在那一瞬间，他被不为人知的幸福感微妙地愉悦着，他甚至有些微微战栗了。但这种幸福感很快就被打碎了。当老师念到“笨鸟先飞”的时候，一些同学们哄笑了起来。“笨鸟！”有人怪叫道。虽然他很恼怒，可还能忍耐，因为他坚信同学们和他一样，最终会被父亲的解释说服的。但是，没有用。父亲只能说服自己的孩子，说服不了别人的孩子，尤其是说服不了一群孩子。他最担心的事情发生了，从此，他有了一个难堪的绰号：“笨鸟”。

这个绰号伴随他的时段其实并不长，但这个时段的确太特殊了，他还太弱小。他先是感到痛苦，其次竟然感到了自卑。这对他而言，是一种新鲜的感受，他幼小的心理平衡被打破了。仅仅因为一个名不副实的绰号，他便需要承受一个人在童年时代所能体会到的最为糟糕的感受。他很想生父亲的气，可他没办法向父亲启齿：因为你的错，我有了一个丢人的外号！他说不出口，说不出的原因，恰恰是因为自卑，他怕被父亲嘲笑，那样，他就腹背受敌了。他只是想到那样的结局，都会感到窒息。

所以这件事并没有导致他厌恨父亲，而是恰恰相反，他需要更加爱父亲，得到父亲更多的回馈，才能将在学校里失落的部分补偿回来。他很认真地在父亲的安排下学习钢琴，可他却总是无法和谐地找准音符，任凭他如何刻苦努力，都无法让父亲惊喜。终于，有一天，父亲对他说：“以后要花更多时间在功课上。”他知道自己让父亲失望了，马上就哭了起来，可父亲摸着他的脑袋说：“你长大了，功课更重要。弹琴，可以作为一种爱好嘛。”

父亲又一次说服了他。当他从努力弹琴的期待中解脱出来后，才发现整个人一下子轻松起来了。那些功课，对他来说太简单了，他以非常优异的成绩考上了市里的重点中学。

那个绰号和自卑一起，终于被抛进了时光的垃圾堆里，只有小学同学聚会的时候，他才会听到别人叫他“笨鸟”，而经过岁月的过滤，这个绰号中已经没有半点儿嘲弄的成分了，全是亲昵的怀旧情感。

现在，父亲不在了。他想起这些，被巨大的悲痛紧紧攥住，他恨不得全世界的人都骂他“笨鸟”，只要父亲还活着。的确，父亲生前是没有在生活的细节上关心他，但父亲总能在他苦恼的时候，用一句幽幽的话，轻易拆解掉他心中的块垒。也许，他心底非常崇敬父亲，因为父亲是一个成功的人，自他记事起，父亲就已经是音乐学院里的教授了，那么年轻的教授，现在想来都不可思议。小时候，没有电脑，电视节目也很单一，通常晚饭后，他和母亲会坐在客厅的沙发上，听父亲弹奏一两首钢琴曲，母亲含着眼泪，有时会跳起舞来。母亲是一个舞蹈演员，虽然只能在舞台上跳伴舞，但对他来说，那就是世上最美的舞蹈了。他对小朋友聊起他们家这种场景时，他们都羡慕得两眼发光。小朋友来家里，想触摸一下钢琴的键盘，都要对他说尽好话才行。

那真是幸福的日子，如今一切都不复存在了。不但那个家庭，还有人，都在时光中逐渐褪色消失了。

好在，他现在还不算真正孤独。他在大学时候认识的女友芷媛一直陪着他。芷媛是北方女孩儿，直率开朗，笑的时候可以不管不顾，放开怀抱，哈哈大笑，堪称惊天动地。他欣赏那样的笑声，自从他过早体味自卑之后，就没有那样笑过了。他难以理解那样的状态，却非常欣赏，尤其是表现在一个女孩子身上的时候，那简直是无法抵御的魅力了。他在北京的日子，就将她当作自己真正的亲人，而且，他们已经说好，毕业后一起留在北京发展。

毕业前夕，他回家的时候想带上芷媛的，但芷媛很不好意思，说未来还长呢，等毕业了再见家长吧。他觉得也是，自己与父母之间的罅隙还没弥合呢，等处理好这个再说吧。可没想到，才刚刚毕业不久，父亲就出事了。这次，芷媛和他一起回家了。母亲单独出来和他们一起吃了顿饭，快吃完的时候，她忽然哭了，语重心长地对他说："沈玢，你现在必须是个男人了。"他一开始以为这句话只是精神意义的，但随后，父亲的丧事，母亲几乎不插手，甚至不过问，他才明白这句话的现实意义。他开始厌恨母亲，那些美好的记忆再一次来到道德的制高点上，母亲被那样的记忆一次次无情审判。他无法理解，为什么一个人可以将自己的过去背叛得那么彻底。

芷媛一直安慰他："你母亲是身不由己，她毕竟有了自己的新家庭，你得理解她，她心里一定是很难过的。"

"你那都是猜测罢了，也许她现在根本就无所谓了。"

他显示了自身固有的倔强。

“不，她不会的。”芷媛很肯定地说。

“你怎么知道？”他凝视着她，突然间觉得她是不是掌握了什么秘密。

“我理解她，”芷媛说，“因为我们都是女人。”

他无法反驳她，这样的说法尽管没有实质性的逻辑，却充满了不可侵犯的正义。他也希望她说的是真的，他不想厌恨自己的母亲，这种厌恨让过去幸福的记忆岌岌可危，反而是父亲的离去，在强烈加固着过去的美好记忆。

葬礼过后，与父亲身体相关的一切，彻底消失了。剩下的，是满屋子的遗物。说是物，其实每一件都触及精神的伤痕。他试图保留房间里原来的样子，但芷媛提醒他，必须清理房间，值得纪念的物品留下，而那些杂物，必须处理掉。“否则，你永远走不出来了。”她父母健在，家庭和睦，她如何能理解他的痛苦？他只是这么一想，眼泪便掉下来了。这房间里的哪一件不是纪念物呢？

但他知道她说得对，她站在客观的立场上，真理在握，他必须屈服。于是开始小心翼翼地清理。

他们从客厅开始审视，都是实用性物品，需要清理的并不多，只有那架德国产的霍夫曼钢琴，依然承载着父亲的灵魂。一切都变了，只有那架钢琴没有变！他情不自禁地走上前，打开盖子，坐下来，弹奏了一曲肖邦。他无法成为一名音乐家，可并不妨碍他依然是一名音乐爱好者。他觉得自己从来没有弹得这么投入、这么动听过，一曲过后，芷嫒已是泪眼蒙眬。

“你果然是你父亲的儿子。”她说，“这架钢琴一定留着，这是永远的纪念。”

他使劲点点头，将琴盖轻轻放下。

其实，有什么可清理的呢？有芷嫒这个知心人，一切都变得简单了。她将父亲的衣物洗干净，叠得整整齐齐，然后寄到那些偏远山区。他知道，父亲若有灵，一定会高兴的。然后是存折、现金，他一一汇总，他震惊地发现，自己突然间有了一笔相当可观的财富，未来许多年，他都不必再为生存问题辛苦奔波了。

但他觉得羞耻，这笔钱让他羞耻。他让芷嫒帮着把这笔钱存好，他暗暗决定，不到迫不得已，绝不能动用。

芷嫒明白他的心思，说：“咱们什么都会有的。”少顷，忽然又问：“对了，这房子怎么办？”

“什么意思？”他一时反应不过来。

“这房子，等咱们回北京了，总不能没人照看。”

他心里一紧，抬头环视这老房子，说不出一句话来。

“当我没说过。”芷嫒低头打扫卫生了。

他走进卧室，将门轻轻关上，然后径直躺在床上，父亲的床上。他望着天花板，眼窝里蓄满了泪水。“父亲呀，我还是个孩子，为什么要让我遭遇这样的事情？”他一遍遍问。

没有人回答，心里也没有任何启示。只有芷媛，她推开门，像父亲派来的使者，站在门口，问：

“亲爱的，我还是担心你，没事吧？”

“没事，我只是又难过了，你知道的，我没事，我只是想一个人静静。”

芷媛不再言语，退了出去，将门重新关好了。

他翻了个身，趴在床上，将头塞进枕头底下。他恨不得这里有个宇宙的虫洞，他可以钻进去，然后时光倒流，他能够有机会去改变许多事情。但这里一片黑暗，只有自己，只有咽喉处爬行的呼吸，只有这苟活的生命。他想嘶喊一声，可这时，脑袋被一个坚硬的物品给顶痛了。他丢开枕头，坐起身来，发现那是一个硬壳的日记本。他拿起来，发现上边还上着锁。他脑袋里嗡的一下，像是有烟花炸开。他从不知道父亲还有记日记的习惯，因此，这里边一定是父亲的秘密，他敢不敢去探索？再者，即便父亲不在了，自己是否就有权利去打开？这合乎道德吗？

他想叫芷媛进来，问问她的意见。可转念一想，这属于父亲的秘密，怎么能让芷媛知道呢？就连他自己，都不确定能不能去探知，又能不能够承受。他将日记本塞回枕头下边，重新躺下，心中的痛苦却没那么尖锐了，因为他被那片早已写下却依然未知的世界深深困扰着。应该说，秘密是最能确认一个人的存在的，没有了秘密，就像被打开的信纸，抚平了褶皱，一切都失去了可以围绕的内核。那么，如果他不去看父亲的秘密，岂不是意味着父亲的存在彻底失去了内核？尽管父亲已经故去了，但父亲的存在依然在自己的心里，他无法接受一个失去了真实存在的父亲。

这样的推理，相当晦涩难明，因为它不是为了说服别人的，它只是为了说服一个人，那就是沈翙自己。他下床，在床头柜里找起钥匙来。

芷媛听到响动，再次走到门口问："还好吗？"

"还好，我没事，你放心。我现在想一个人清理卧室。"

"也好，我还想着由我来收拾卧室，会不会不方便呢。"芷媛把门关上了。他差点儿又落泪了，庆幸有个这样的人陪着自己，让自己不至于对人世完全失掉信心。

但他一直找不到钥匙，他越发觉得这本日记的神秘。这种钥匙是很细小的，不可能穿在钥匙扣里，一定藏在某处。他万分肯定，但他没有福尔摩斯那样的侦破能力。最终，他决定使用暴力的方式，用剪刀把外壳剪开来。他看到父亲的字迹，心底的负罪感愈来愈强烈了，他甚至懊悔自己做了一件愚不可及的事。既然是父亲的秘密，就应该让秘密独属于父亲，就应该让那秘密随父亲的存在一起消失，那不正是死亡的本意吗？

事已至此，不可能就此停在一个不尴不尬的位置上。唯一支撑他看下去的，便是想到自己是父亲的儿子、血亲，古老而神秘的血液将他们捆绑在一起，因此他拥有了可以被赦免的特权。他喉头紧缩，手指僵硬，翻到了日记的最后一则，开始看。日记中写道：

> 近日甚觉疲惫，稍一运动便觉胸口胀闷，也许是失眠的缘故。等忙过这段，真的要去医院看病了，好好疗养一段时间。

看来父亲的死亡并非没有预兆，只是父亲延误了时机，这不是过于自信，而是优柔寡断。他知道钢琴家父亲有着音乐一样的性格，都是余音袅袅、不绝如缕的。任何事情都无法让父亲乱了旋律的规则、失了节奏的分寸。父亲和母亲离婚的时候，父亲憋了好久，才幽幽地说了一句话：“请你珍重。”母亲给他转述这些的时候，便叹着气、咬着牙，一副恨铁不成钢的表情。

不再有负罪感了，父亲的死亡成了一出不折不扣的悲剧，他终于理解所谓悲剧就是可以避免却没能避免的苦难。他不免觉得自己对于父亲的死也是负有间接责任的，他总以为父亲离衰老还有很长的距离，以后再嘘寒问暖也不迟，但恰恰父亲死于没人关心的孤独沉寂中。母亲离开后，他就应该承担起照顾父亲的责任。可现在，说什么都晚了。他作为父亲的儿子、血亲，离父亲的日常生活却是那么遥远，更别说离父亲的内心了。除了父亲的音乐家身份，他对父亲还知道些什么呢？几乎没有了。

很自然地，他发现了父亲生命中的其他女人。尽管父亲记述得非常简约，但还是能明白其中的含义。有一个代号为L的女人，在日记中多次出现，比如“与L一起看海”“从L处晚归”等，他无意知道这个“L”究竟是谁，他需要知道的仅仅是有这么一个女人，在父亲不算漫长的生命中，为父亲带来了温润和丰富，即便他很快发现这个“L”在父母离婚之前，就已经出现了，他心里竟然也没有责怪父亲的意思。他仔细查询着父母离婚时段的日记，想找到他们分裂的真正原因，可那些日子却是一片空白。父亲一个字都没有写。他是过于痛苦了，还是故意隐匿了那个原因，以防未来——比如此刻——另一双眼睛的窥视？

这本日记的第一篇距今只有五年的时间，他需要知道更多。他又一次翻箱倒柜，试图找出其余的日记本，但仍是徒劳。他脑海中闪过一个念头，也许其余的被父亲烧掉了？如果是这样的话，那么这本唯一幸存的日记，就是故意让自己看到的，无从对证了。他不甘心，继续不停地翻找，直到两臂酸麻，困顿不堪，才终于放弃了。他重重地躺回床上，重新捧读起日记。就在第二页，上面写着这样的话：

我是没有记日记的习惯的，但人生烦闷至此，想找个人倾诉总不能尽兴，还有些话是注定要烂在肚肠里的，那么，就想写下来。但写下来的，回头再看，多数也还是一些鸡毛蒜皮的事情，无关痛痒。也许，这就是宿命，活着就像一阵无影无踪的风，偶尔能留下些痕迹就好。

照此推测，父亲是近年来才开始记日记的，那些让他烦闷的事情是什么呢？他一页页读着，想从支离破碎的语句中找到答案。

一个“K”出现了三次，还有一个“不懂音乐”的“G”出现了两次。她们都是仰慕父亲的女人。他不明白“G”女士既然不懂音乐，又为何仰慕父亲，并和父亲一起去了一趟厦门？他想象着父亲和其他女人在一起的样子，是不是忘记了自己的衰老，开怀大笑，还是愈加沉默寡言，只是需要一个异性的安静相伴？父亲与这些女人的交往，是为了寻找母亲无法给予的情感，还只是来自身体那盲目的欲望？很多他无法索解的疑问，让他对未来的生活充满了恐惧。我们究竟为了什么而如此生活着？他已经没有了参照系，就像置身于远离地球的星空中，不再有上下左右，更遑论东西南北。

他是个在情感上晚熟的人，至今为止，除了芷媛，他没有深入了解过别的女人，而且也没有那样的欲望与冲动。他觉得芷媛已经足够好，完全符合他对女人的期待。但现在，他心中这种坚实的基础开始摇晃，父亲的经历告诉他，人生充满了偶遇、意外与复杂，也许他此刻如此爱着芷媛，在若干年后却很可能不再爱她了，或是，芷媛在今后的某一天不再爱他，爱上另外的什么男人，就像现在的母亲一样，也不是不可能的事情。他仿佛已经预先感知到了来自未来某时的离别哀伤，眼泪一下子就涌了出来。

没有什么是永恒的，他品味着这则老生常谈的哲理。他的脑袋里有了一种轻盈的眩晕，他必须躺下来。然后，那种眩晕变成了惶恐不安的下坠感，他和床一起向下坠落，下方没有任何可以承接的事物。他伸出双手，寻找着岸，岸边只有父亲的日记。他捧起父亲的日记，继续读，仿佛生命的密码都写在里边，需要他的进一步发掘。他贪婪地读着父亲写下的每一个字，终于，他来到了那个秘密前。

这个，才是真正的秘密，而之前的那些都不过是一些浮光掠影的障眼法罢了。

……我的翀，我的小笨鸟，把我们连接起来的，也许只是出于精神的意义，至于物质层面，我指的是那难以启齿的生物学层面，也许我们真的没有什么关系。

父亲的这段言辞如突然竖起的高墙，将他撞得头破血流。他眩晕的脑海一下子寂静下来了，像是南极的雪原。刚刚还在为生命的虚无感到坠落，此刻，这种虚无已经升格为残酷的荒诞，一种神秘莫测的力量从起源处就做出了否定。他像是被一柄利刃直直刺中了心脏，疼痛让位于震惊，更没有闲暇来难过。他坐起身，走到门边，手扶墙壁回头张望，为自己置身这里感到了万分的难解与惶惑。他想打开门，叫喊，求救，但残存的理性提醒他，这是他今生最大的一个秘密，一个关乎他存在的秘密，一个不容他人置喙的秘密，他必须慎重，必须接纳，必须……必须要咬紧牙关，去经历一系列的"必须"。

不会是看错了吧？翻开那一页，继续读下去。

……我没有对任何人抱怨过，不是因为羞耻，或是怯懦，绝不是。我觉得这正是生命的秘密，前来让我洞察的。如果站在物质的角度，亲情与爱情肯定是一种生物学的伪装，这种伪装却构成了人类存在的道德基础，这无异于在沙上建楼，注定是要坍塌的；但如果站在精神的角度，亲情与爱情便是前提，是先决，是无可动摇的基础，而物质便成了可有可无的附属品。一定是这样的。因此，我选择后者。我不是基因的奴隶，我就是我。假如有一天，我的翀知道了所谓的“真相”，那么我应该对他说些什么呢？这个问题让我想了好久好久，今天我终于想清楚了，这也是我今天又坐下来写日记的原因。

孩子，我的翀，我的小笨鸟，我会对你说：你不要难过，恰恰相反，你应该高兴，因为你获得了绝对的自由，你不再仅仅是我的孩子，你还是人类的孩子，就像那个诗人说的，你是文明的孩子。

没有下文了。该笑一笑吗？他酸楚地自嘲。手指没有停，继续翻阅，直至将这本日记全部看完，里边再也没有就这个话题提及一字半句，仿佛是一种暗示：这些就是父亲关于这件事的全部观点。他跪在床上，反复问自己，应该听父亲的话，感到高兴吗？高兴，究竟是一种怎么样的情感？在这里出现是合适的吗？毫无办法，他高兴不起来。

进而，他想到了那个世俗的问题：如果他和父亲没有血缘关系，那么是否意味着他们不再是父子关系？精神意义上的父亲自然是毋庸置疑的，但这里指的就是父亲，就是“父亲”这个词，而不是要一连串定语放在这个词的前边。他极力想阻止这种想法，但他发现他越是阻止，他与父亲之间的缝隙越大，难以计数的细节如隆冬大雪涌上心头……譬如，怪不得他弹不好钢琴，原来他根本就不具备这样的天分。

他泪如雨下，打开门，冲进客厅，来到钢琴前，重新坐好。他弹起了拉赫玛尼诺夫的《第三钢琴协奏曲》，那首被誉为“最复杂的钢琴曲”，那不可胜任的任务。他看着自己笨拙的手指，听着支离破碎的琴音，他仿佛在认领自己，一个新的自己。

芷媛早已惊呆了，手里拿着扫帚，愣在墙边，一动也不动。她看着他沮丧地乱按了一阵琴键，而后趴在琴盖上号啕大哭起来。她走上前轻轻说：

“亲爱的，你别太难过了。”

“我弹不好琴，看来我真的不是我父亲的孩子。”他抬起头来，绝望地说道。

“别苛责自己了，你爸一直以你为傲。”芷媛的一个“爸”字，让他意识到自己与父亲之间自始至终存在的距离。

他长大以来，就几乎没再叫过“爸爸”这样的字眼了。

“如果……我是说如果，”他清了清嗓子说，“如果我不是我父亲的孩子……我是说……我和他没有血缘关系，你觉得我父亲会对我说些什么？”

“这个，这个我还真说不上来。”芷媛陷入了更大的震惊，脸上凝固的表情犹如面具。他盯着芷媛，忽然笑了一下。他走回房间，拿着日记出来，对木偶样呆滞的芷媛晃了晃，说：“不用苦思冥想，他早就写下来了。”

“你听好了。”他又对芷媛笑了一下，他的笑一定很诡异，吓着她了，因为她的眉头紧皱，已经快哭了。

他低头开始读：

孩子，我的盼，我的小笨鸟，我会对你说：你不要难过，恰恰相反，你应该高兴，因为你获得了绝对的自由，你不再仅仅是我的孩子，你还是人类的孩子，就像那个诗人说的，你是文明的孩子。

# 谁是安列夫

谁是安列夫？安列夫是一位在圈内很有名气的传记作家，他的书记录了我们这个时代众多优秀的人物，人们常常引用他书中的一些观点来品评某个大人物，不过遗憾的是，人们通常忘记了这些观点出自一个名叫安列夫的传记作家之手。当然，安列夫最开始从事传记这个行当并不是为了出名，而纯粹是为了混口饭吃。

他毕业于某大学考古系，毕业之后却不想和灰头土脑的出土文物打交道，于是他做了某文化周刊的记者，专门负责其中的人物版。他也没有料到考古学和人物传记之间居然有如此密切的关系，他记述人物如同记述一件珍贵文物的写作方式得到了大家的一致好评，他采写的人物也将他视为不可多得的知音。就这样，他干脆直接辞职回家专职写作。

一本本当代人物的评传诞生了，那些人物都被安列夫赋予了独特的历史地位，或是加固了独特的历史地位。奇怪的是，当时安列夫只是个无名小卒，但是这些书都非常畅销，在各大书店的排行榜上居然占据了第一的位置。在这些传主的感激中，安列夫开始小有名气了，尤其是那些梦想流传千古的人更是对他表示出了极大的兴趣，他们甚至开出了百万天价，只为求得安列夫的一书。

按理说，安列夫应该是非常成功的，但是只有他自己才知道内心的苦涩。可以说，没有人比安列夫更知道声名的价值与意义，也没有人比安列夫知道声名所带来的失落与无奈。前者是他的传主，而后者就是他自己。他在写作中培育起了自己的雄心壮志，但是人们总是忽略他，仿佛他只是一面透镜，人们的目光越过他停留在他描写的大人物身上，这样下去的话，安列夫永远也别指望自己会成为那些大人物中的一员。不仅如此，最令安列夫担心的是，人们会认为他只是个吃“名人饭”的小文人，一想到此他就寝食难安。

可就在这个细雨霏霏的三月清晨，一件非常可怕的事情发生了，安列夫在读报纸的时候发现了自己的讣告，这令他震惊得快要疯掉了，他甚至一度怀疑自己在梦中，但报纸上的日期又确凿无疑。他想找人诉说，却一时不知道应该找谁。

他一直没有结婚，赚到大钱后，他独身一人租住在这套装修豪华的公寓里。最终他拿起了电话，拨通了那家报社，他要投诉，可接电话的人根本不清楚这件事，对方说报社的方总也出差了，近期不会回来。

这时安列夫才突然想到，这位报社的方总和自己有很大的过节。安列夫曾经写过一本关于某报业大亨的传记，而这位方总正是那位报业大亨最有力的竞争者，当时安列夫站在历史的制高点上，高瞻远瞩地宣告了方总在未来无可挽回的失败。而现在最恐怖的事情发生了，方总像宣判死刑一般宣布了他的死亡。

想到这里，安列夫不寒而栗，这是最丑陋最卑鄙的报复行为！他急匆匆地走出家门，来到外面湿漉漉的空气中。他要去找那位报业大亨，他要为自己刊登一大版广告，花再多的钱也在所不惜，他要证明自己还活着。

可是事情很快就急转直下，他发现街边报纸摊上摆的很多报纸都刊登了他的讣告，其中就包括那位报业大亨名下的报刊。

他知道事情已经不可挽回了，因为他太熟悉那位报业大亨了，他从来不允许自己的报纸出现问题，一旦出现问题，他也是决不更改的。他想到了报警，或是诉诸法律，他知道那样自己一定会胜诉，但是不能不想到的是，那样做会得罪几乎全部的媒体，弄不好他将会是身败名裂的下场。而现在，他在事业的高峰期“死”了，人们还会虚情假意地在媒体上哀悼他，说他的好话。两相比较，他暂时放弃了对这件事情的追究，想再等一等，事情或许还会有什么转机。

他打开报纸，又看了一遍讣告，此刻觉得写讣告的人很有文采，文中称他是“这个时代最优秀和最被忽略的传记作家”。这个评价深得他的心意，也触动了他更为隐秘的神经——他想成为一部伟大传记的传主！他这样梦想过很多年了，他梦想人们像对待伟大的传记作家——如茨威格、莫洛亚那样对待自己。

他躺在床上，一个伟大的计划悄然酝酿。他被认为是最优秀的传记作家，那么由他来执笔书写自己的传记，岂不是最合适的事情？不过，请注意，这可不是什么自传，他——安列夫，已经死了。他需要化身为另外一个人，才能完成这个伟大的计划，假如他真的可以由此流传千古，那么目前的“死亡”反而是一件绝妙的事情。

这个想法让他兴奋得跳了起来，他来到桌子前，准备拟订一份详细计划书。他手持圆珠笔在稿纸上糊涂乱写着，一段崭新的人生向他扑面而来。

他决定先去整容，除了必要的伪装之外，他更是为了使自己回到青春年少的时光。一家大型的整形医院轻而易举地完成了他的愿望，医生们都对他说这次的手术简直太完美了。此刻，他站在镜子前，看到自己年轻时的脸庞，依然英俊而潇洒。多余的脂肪也被抽掉了，他感到身轻如燕，像是卸掉了多年相随的一个大包袱。他尝试着跳了几下，感到比以往跳得都高。

其次是身份问题。满大街的电线杆上贴满了“办证”的电话号码，他挑中了一个号码，因为里面有他的幸运数字，他拨过去，一个卖弄风骚的女声快活地向他介绍了相关业务。几天后，一个名叫安德的人出现在了这个世界上，他拥有自己的身份证、户口簿、驾驶证以及记者证。他开始采访，目标是安列夫的“生前”好友，他希望能从他们口中得到第一手的资料。

这里需要再说一下安列夫的传记写作的理念。他严格遵循客观的原则，以证据为唯一的写作材料，他不会像有些传记中那样，在根本无从得知的情况下居然描写传主的心理活动，在安列夫看来那样就是小说，而不是严格意义上的传记。考古学的知识与记者的训练让他像个敏锐的侦探，他可以从蛛丝马迹中去逆向推演出传主的生活全貌。因而，这样才是可信的。

安德就是抱着这样的认识与心态去写《安列夫大传》的，

这将是一本能够传世的著作，人们不但会折服于安列夫的人格魅力，更会折服于写作的理念与技巧。安德和安列夫都将获得不朽，而实际上这是一个人，却获得了两次生命。

李是安列夫最好的朋友，在安列夫的死讯传来之后，安列夫翻遍了那几天的报纸，只在一个角落里看到了一篇悼念自己的文章，那文章的作者就是李。李的情谊将他彻底打动，他差点儿哭了出来，但他看完李的文章之后觉得非常不满，首先是因为李的文笔不怎么好，其次是李对他的评价并没有特别高，李只说“安列夫是个非常聪明的人，他永远知道自己想要什么”，并没有说到安列夫的经典地位和历史评价，这让安德十分遗憾。于是李成了安德首先要去拜访的人。

安德来到李的家里，这让李大吃了一惊，因为安德的形象和安列夫年轻时候太像了！李一度怀疑安德是安列夫的私生子，但在安德的耐心解释下他才放弃了这个念头。安德说安列夫是他最崇拜的传记作家，想为他写本传记，请求李能够把自己所知道的安列夫都告诉自己。“希望你知无不言，言无不尽。”安德将这句话反复重复了多次。为了表明自己的诚意，安德还掏出了一沓厚厚的人民币，说这只不过是一点儿采访费，希望李能收下。李几乎没有迟疑就收下了，然后给安德倒了一杯茶，两个人就坐在茶几前慢慢聊了起来。

李说他和安列夫认识有二十余年了，他们曾是大学同学，毕业之后安列夫做了记者，而他则去了博物馆。安列夫有个癖好，就是很喜欢让朋友们看自己写的东西，因此安列夫每写一篇东西都会给他看看，时间长了之后，这就成了一个习惯，看安列夫的东西就和每天看早报的感觉是一样的，虽然淡漠了，但是没有了也觉得失落。后来，安列夫写的人物传记系列很畅销，他看了之后也很喜欢，安列夫因此也变成了比较有钱的人了。

李说到这里就停下来了，安德劝他再多说点儿，比如说说他的爱好、生活等细节的东西，甚至私密的东西。

李沉吟了一下，说了安列夫曾经追求一个女孩子的事情。那个女孩子根本就不喜欢他，他依然不管不顾，有一次甚至跪在了那个女孩子面前……

“不是吧！”安德喊了起来，随后他意识到自己失态了，就解释说是因为没想到安列夫这么优秀的人也会这么做。

李也大声喊了起来：“再优秀的人也是人！凡夫俗子一个！”

安德的脸色都有些发青了，他干脆单刀直入，直接问李是怎么看待安列夫的成就的。安德还把李写的文章剪报递给他。李说他写这篇文章纯粹是出于同情，他也没想到安列夫突然就死了，而且死之后又是那么安静，他作为安列夫的朋友实在有些看不下去了。

安德问李："你觉得安列夫在他的领域应该算大师了吧？"

李听了后却笑了起来，笑完后他说："我真的不知道，但我觉得安列夫的写作有时候像是一种献媚，你看他写的都是那些有钱人，像我们这些普通人呢？难道就没有自己的生活了吗？"李说着说着居然还有些气咻咻了。

安德耐心地让他再说一些小事情。李突然说："对了！他虽然很有钱，却爱占小便宜，有一次坐出租车我买单，他说算是借我的，但后来他一直也没还……他那人还不注重礼仪，来我家里经常把臭脚搭在我的椅子上，有时上了厕所都不冲。"

安德几乎是夺路而逃，他再也没有一点儿勇气听李说下去了。

坐在一家餐馆里，安德吃着午饭想着自己的失败。他认为李和自己太熟悉了，丧失了必要的审美距离，他早就应该想到这一点的。他从来都不想去采访父母以及兄弟姐妹，他们要么会说出赞美的话，要么就会无情地贬损，因为从根本上来说，这些人自以为很了解安列夫，而实际上他们是最不了解安列夫的人。安德要写出《安列夫大传》，就是决心要写出那种内在的深刻和灵魂的伟大，现在，他发现安列夫的伟大被这些他最为亲近的人给化解着，用的就是那些稀奇古怪的琐事，安列夫的形象变成了一摊流沙。

如何才能把那摊流沙凝聚成一个光辉的形象？

那就采访一些不远不近的朋友吧，那些人以前都很欣赏安列夫的才华。安德开始拜访安列夫在某文化周刊的同事，那些同事倒是说了安列夫不少好话，称赞安列夫的才华和勤奋，都觉得他英年早逝太可惜了。安德追问他们，能不能说点儿生活化的事情，私事，有趣的事？他们却都摇头了，都说和安列夫其实不算很熟，对他的个人生活几乎一无所知，他每次一下班就匆匆忙忙离开了，后来才知道他那是赶回去写作，他的第一本书卖了大价钱后，他就辞了工作了。他们就知道这么多了，任凭安德再怎么追问，也得不到什么更有价值的材料了。

安德真的没有想到情况是这样的，和他以前写传记完全不同。毕竟以前他写的那些人物都是活着的，他可以和他们反复对话，而现在，他在追寻一个影子和一个影子留下的踪迹，他伸出了双手，只得到了满掌的风。

安德想：太近的朋友提供给他的是琐事，太远的朋友提供给他的是背景，而琐事与背景之间的东西怎么去寻找？安德不再相信那些人，人的话是最不可靠的。他开始相信物证，他又变成了考古学家，他对安列夫用过的物品进行观察与分类，呵呵，这可是一件很容易的事情，因为安德的东西就是安列夫的东西。

应该交代一下，安德早已经搬出了安列夫的那个寓所，因为他怕引起别人的怀疑，惹上什么麻烦，他现在租住同一个小区的另一套房子里，这样有助于他回忆安列夫的生活。

安德像建立档案馆一样将所有的东西分类了，还拍了照片，这些将来可以作为书籍的插图。为了营造一种更为逼真的效果，他将其中的一些照片用电脑处理成古旧色冲洗了出来，这些照片像万国的国旗一般挂满了他的房间。从考古学的态度来看，这些物品都反映了主人的生活方式、审美趣味以及健康情况等，的确是比那些人的话靠谱得多，安德心里高兴了起来。

不过这些照片很快就带来了麻烦。这段日子以来安德常常做梦，他梦见自己在寻找一个名叫安列夫的人，这个人他无比熟悉，但却怎么也想不起来是谁了。他惊醒之后，看到满屋子的照片感觉那些画面都是从他的脑子里飞溅出来的，那种眩晕感让他感到窒息。他知道自己的工作陷入僵局了。他觉得自己像个在阳间行走的鬼魂，他名叫安德，其实是安列夫的鬼魂，这种感觉让他觉得自己的身体很虚无，似乎一阵风就能穿过他。

一个好端端活着的人怎么突然就失去重量了呢？他实在想不明白。

他觉得自己是人格分裂了，身体里同时存在着安列夫和安德两个人，这两个人之间还存在密切的关系，安列夫需要安德了解他，安德也需要去了解安列夫，这样的情况下一个人是必须分裂成两个人的，他应该去适应这种新情况。否则的话，他去采访，那些人说到安列夫之时他知道是在说自己，所以他很在意别人说什么，就像朋友李说的那些话一样。但是他知道，这样子太不专业了，他需要调整心态，需要投入角色，他就是安德！一个要写出大作品的记者，这样他就不会再把别人谈论安列夫当作谈论自己了，从而可以摆脱他人的影响。他训练自己，人们如果在他身后突然叫他安列夫，他不但不再回头而且还要心如铁石不为所动，只有叫他安德他才彬彬有礼地回头一望。

有一天他碰见了一位同行，那是一位干瘦的老头儿，一举一动仿佛一只觅食的老母鸡。那老头儿没出过书，只写过一些吹捧肉麻的文章在杂志上发表。老头儿一方面挣稿费，一方面还希望遇见“明主”赏识他。安德和老头儿以前只见过有限的几面，但是当老头儿得知他要给安列夫写传记的时候，不禁哈哈大笑了起来，他说：“从来不知道给人写传的人还有别人给他写传。”

安德说："因为他写得好。"

老头儿说："写得好也不行，给人立传，替人吹捧，没什么意思，还好意思留下自己的耻辱？"

安德说："那是你这种人的写法。"

老头儿说："安列夫也一样，不比老子好多少。"

安德快要气疯了，他对老头儿喊道："你等着瞧，安列夫会永垂不朽的！"

老头儿道："关我屁事哦！"四川口音的尾音拉得很长。

安德开始拼了命地写作，去他妈的传记写作规则，我安德就是安列夫，我写安列夫如同小说家用第三人称写作一样。安德就这么放开写了，许多快感涌上心头，他想起了当年写《忏悔录》时的卢梭。他对自己也是尽情解剖，大胆鞭挞，其程度为卢梭所不及，因为安列夫已经死去了，对他的贬损不会影响到他这个名叫安德的人。恰恰相反，这样的入木三分会给安德带来巨大的成功，会给安列夫留下无比复杂的争议和历史的声誉。

《安列夫大传》终于写完了，出版了。畅销是毋庸置疑的，安德如同刚出道时的安列夫，有那种一写就畅销的本事。人们对此书议论纷纷，大家都豁然想起，曾经还有一个叫作安列夫的传记作家！不过，人们把更多的热情与赞美献给了此书的作者——安德。

文学批评家们声称安德写出的东西终于挽救了没落中的中国文学，从此中国文学站起来了。那位最著名的批评家在一家电视台的新书评点栏目里指出：安德是这个时代最重要的作家，就因为他写了一部《安列夫大传》。著名评论家话锋一转这样说道："我听到过一些传闻，说安列夫确有其人，死得不明不白，其实照我看，安列夫这个人根本无关紧要，或许他真的存在过，但他的存在就和阿Q一样，或许这个世上真有阿Q呢？所以，我觉得最重要的问题，是安德写出了一代人的命运，而不是安列夫这个人存不存在！"

著名批评家一锤定音，安列夫变成了一个文学人物，一个真实性不必去考证的角色。安德自然也没有想到会是这样的结果，不过也好，不论安德还是安列夫都可以永垂不朽了。

安德用《安列夫大传》一书的巨大收入设立了一个安德文学奖，他早已经不缺什么钱了，他这样做是给自己不朽的声名再加上一道稳固的装置。

果然，他的这个奖项号称"中国的诺贝尔文学奖"，因为在奖金的数量上可以和诺贝尔奖媲美了。人们每年十月的同一天可以看到安德出现在颁奖仪式上，举手投足宛如大师。当然，人们也有议论：这位大作家好像只写过一部作品，难道已经江郎才尽了？

这些传闻也给安德带来了不少的麻烦，有胆子大的记者居然在采访他的时候当面问他下一部作品的诞生时间，一时间他显得很尴尬，但他毕竟是大师了，他说："文章由天不由我。"

没想到那个记者还读过几本书，记者不依不饶地问他："鲁迅先生曾说'我有一言应记取，文章得失不由天'啊？"

安德说："我还是比不上鲁迅先生的，差远了。"

记者笑了。安德也笑了，笑容有些僵硬。

不过这些事都是小事情，最为严重的事情是发生在安德心底的。随着《安列夫大传》的出版，安德的心里一下子空得像原野一般了，整个人生路像是走到了尽头。他和一些新认识的作家朋友说起此事，他们劝他不要急，要慢慢来，写出一部好作品之后，极有可能你这一生也无法超越，这一点要想得通。"很多作家写了一生也没留下一部大作品呢！"一位老作家痛心疾首地说。安德频频点头称是，但他心里知道并不是那么回事，他的秘密、他的心思根本无人可以诉说。他真正感到的是，他送走了身体里的一个人，他原以为还会留下另外一个人，可是什么都没有了。难道后者只是前者的某种投影？安德并不相信一个名字对应着一个灵魂，他觉得名字只不过是一个符号而已。符号，有什么所谓，可以今天叫张三明天叫李四嘛！可是他想不明白自己内心的荒凉。

他有一次在研讨会上碰到了一位哲学家，他们聊起了作家和作品、词语和现实的关系。哲学家认为虚实相生，作品是以作者的生命为抚育的。他说："你看很多作家就被掏空了，甚至连命也丢掉了。"他的话让安德的内心惊恐不已，因为他突然意识到他把所有的生命与经验都给了一个名叫安列夫的人，他的内部已经如同破败的古城了。

当天晚上，他拿出安列夫用过的手机，插上电源，开机了。他一直保存着这个号码，因为当年在电话卡里充了太多的钱。他翻看着从前的短信，复苏的感觉升腾而起。他需要找回自己的身份，一个异常坚固的身份。他想他一定能够找到的，那既不是什么"安列夫"也不是什么"安德"，这些都是一些无关紧要的符号，他需要找到的是他得以牢固地存在的基础，他需要找到的是可以让他安心睡到清晨的理由！可就在这时，手机铃声响了起来！他看到了一个熟悉的姓名显示在手机发光的小屏幕上，他立即崩溃了，瘫坐在一个角落里。铃声停了一段时间后，像喘了口气休息了一下，又重新响了起来，执着地要找到手机的主人，一个已经死去的人。

我们可以看到，角落里的那个人影正如死去的安列夫一般，一直没有动弹。

# 岛屿移动

天上的阳光和海面的阳光叠加在一起，让他几乎睁不开眼睛。他就那么半闭着眼睛，骑着扫码付费的小黄车，晃晃悠悠地沿着海岸线前行。尽管看不清大海，但大海的噪声相当聒噪，就像一个二十四小时连轴转的巨大厂房，机械笨拙，毫无诗意。

他第一次这样想的时候，还对这个比喻感到抗拒，他是很爱大海的，这样的念头是否对这片海不公平？但是，当夜深之际，他被海浪声吵得毫无睡意，他不明白这片海究竟被什么样的引力给牵扯了，简直跟疯了一样。这个地方叫万宁，可这里的大海一点儿也不安宁，躁动而沸腾，想要摧毁一切。

他在很多海边骑过自行车，但在这里骑，总有种荒谬的科幻感，越是无人之处，这种感觉越强烈。

这种感觉诱惑着他，让他不断前行，前行。他来到了一处人迹罕至的地方，在这里他有了一个可怕的发现。远处的那栋楼，居然并非建造在岸边，而是建造在一座深入海里的岛上，要上岛非坐船不可。那座岛的形状如此浑圆，显然是人工岛。让他害怕的不是这人工岛，也不是那高楼比他之前想象的更加高耸入云，而是那高楼的冷漠。高楼虽在荒郊野外，但不是荒废的烂尾楼，它装修精美，玻璃幕墙熠熠生辉。

他从车上下来，站在那里凝视了许久，岛上一个人影也没有。也许，那栋高楼里住着极少的人，其中一人此刻正站在玻璃幕墙后边俯视着他，而他一无所知。这样的想法忽然让他打了个寒战，尽管是正午，那寒战可一点儿不含糊，他看见裸露的胳膊上毛孔瞬间紧缩，凝结成颗粒。

回到宾馆楼下，他把小黄车锁好，打开手机，看了看刚才骑过的路线图，非常清晰。他用截屏功能保存了，算是个纪念。不知道小璐和艳婷起来没有，小璐说等她起来再联系，可现在还没她的信息，应该还在睡。

他在门口买了个小椰子，坐在石凳上，几口便喝光了，然后一边挖着椰肉吃，一边远远看着冲浪队的家伙们从岸上跃入海中。他们戴着泳镜，抱着滑板，周身被晒得黝黑，皮肤反而显得非常光滑，像是类似海豹的动物在求救时恰好抓住了漂浮的木头。据说他们是国家队的，代表了很高的水准。

他有点儿崇拜他们，因为这片海实在过于汹涌。

他的心在这儿似乎总是不安的。这片海似乎盯上他了，他像个在劫难逃的罪犯。可他究竟犯了什么错？昨晚在海边散步的时候，忽然一个浪扑了过来，他来不及躲闪，被准确击中，全身都湿透了。他落汤鸡的样子被路灯照亮，犹如滑稽的表演，让她们笑得前仰后合。她们跟他走在一起，可她们身上依然干燥，那个浪只冲他而来。

“你运气太好了。”艳婷用双手捋捋头发，上边连个水珠都没有。

“这叫时来运转。”小璐纠正道，然后又忍不住说，“你这是啥运气，确实太好了！”

她们又咯咯咯地笑了起来。他赔着笑脸，一走路，湿漉漉的鞋子发出了吧唧吧唧的声响。他忍不住也笑了起来，然后他感到了冷，整个人在海风中瑟瑟发抖。

“能娶到你，也真是他的福气了。”艳婷对小璐说。

小璐微笑了下，仿佛一时不知该怎么说。

“复平，你说是不是？”艳婷转而让他确认。

“这还用说，”他伸手把脸上的海水擦干，“到时你来当伴娘。”

“这还用说。”艳婷伸手挽住了小璐，她们并排向前走，他跟在后边，看着她们亲密的样子，仿佛回到了校园时光。那时，他有过几个好朋友，男男女女都青春得不要不要的，反而显得老到和装蒜，还不如现在表面上的轻松活泼。但很多个瞬间，孩子气就从那伪装的外壳里泄露了出来，大家开着莫名其妙的玩笑，觉得亲近极了，女生和女生手牵着手，而男生们勾肩搭背，跟在后边，寻思着自己喜欢的对象。

他自然喜欢过其中的某个女孩子，但现在走在前面的，跟那遥远的过去毫无关系。她们是他现在生活的一部分，正如记忆中的女孩儿属于过去生活的一部分。生活似乎是不可分割的，可回头望时，还是一段一段的，每一段都格外清晰。不清晰的只是每一段的交界处。那是生活的过渡时刻。他惧怕过渡的时刻，一切难以预料，犹如置身于浓密的雾中。而眼下，似乎又来到了一个过渡时刻。

她们让他回宾馆换上干净衣裤，然后一起去吃点儿什么。她们在外边等他。他回到房间，发现另一条牛仔裤洗了还没干，只好穿上了小璐买给他的那条蓝色花短裤，他一直不敢穿那玩意儿，有种奇怪的羞耻感。他没有带多余的鞋子，只能穿上拖鞋。他这身装扮跟这里的风景当然更加和谐，只是他一直不愿如此。他觉得这样显得太放松了，放松到了一种不自然的状态。他得紧绷着，不让别人知道，但自己内部的某个地方要持久地紧绷着，否则，极有可能整座心理建筑便坍塌了。

“打算带我们吃点儿什么？”艳婷问他。

“还能吃什么，找个烧烤摊，喝点儿啤酒怎样？”

“烤鱿鱼不错。”小璐附和道。

“有烤螃蟹吗？我从没吃过。”艳婷用手机屏幕对着自己，在描口红。小璐很少这么在意自己的妆容，不知道跟他们快结婚了有没有关系。他知道，小璐对生活的期待值一直不高，他就属于那个不高值里边最低的。没人能接纳一个刚刚投资失败的男人，但小璐可以。这就是他们关系中最微妙的关键之处。

“你抓一只来烤烤。酒店晚上组织大家去海边抓蟹，要不你去试试？”小璐对艳婷说。

“让复平去抓，我没那本事。”

“放过我吧，”他说，“我买个蟹给你烤可以吗？”

“那你要买只帝王蟹。”

“做人要厚道点儿。”

他已经学会了跟艳婷插科打诨，反倒是当着艳婷的面没法跟小璐好好说话。这次出游叫上艳婷一起是小璐的主意，她想婚前带着闺密一起旅游。他说那不如她们俩一起出去玩玩，他在家等。

她说："那怎么行？我也要体验婚前男朋友的感觉，可能以后都不一样了。"

他说："一样的，我这人就这样。你会有什么不一样吗？"

她说："我也不知道……你少来了，难道你心里就没什么波动吗？"

他当然有波动，但他不想表现出来。所幸，她没有继续追问。

这里的烧烤店并不多，卖当地一种酸辣粉的小商贩取得了数量上的绝对优势。这种酸辣粉口味奇特，酸和辣都来自某种食材的发酵。他们初来乍到，就品尝了这种难以名状的东西。酸腐往往更能征服人们的味觉，就像人们故意做错一些事，不然每一天都寡淡得无法延续。就在等他的这会儿工夫，小璐和艳婷又吃了一碗酸辣粉。她们确实就叫了一碗，两个人碰着头吃，好得不得了。他倒是不嫉妒，只觉得有点儿尴尬。

"你说了你不会再吃这东西的，我们就没等你。"小璐说。

"是的，真的不吃了，好酸，牙受不了。"

"你应该坚持，然后你就会上瘾。"艳婷笑着，她把头发聚拢在脑后，扎紧了。她总和头发较劲，也总和生活中那些跟头发差不多的东西较劲。

“你已经上瘾了？”

“快了。”艳婷说，“小璐已经上瘾了，你得学会了，结婚后你要做给她吃。”

小璐看着他，他们对视了一眼，他觉得她似乎在审视他，他移开了目光。

“去吃什么？酸辣粉让人更想吃东西了。”艳婷舔舔嘴唇。

他们选择了一家烧烤店，离大海最近，只隔了一条马路。烧烤店很小，里边只摆放了四张桌子，最多能容纳十六个人。幸好此刻只有一对小情侣坐在角落里。他们三人坐下来，临街的一侧是透明的玻璃，可以一边吃东西，一边望着大海，是个梦想中的好地方。但是，夜晚的这片海更加凶悍了，虚无的墨汁在翻腾，要不是这里可以关上门，海浪的声音会逼迫他们不得不叫嚷起来才能听清彼此。

“我要三瓶啤酒，其他的你看着办。”艳婷掏出手机来，对着玻璃墙拍了张照片，他们三人的影子都在里边。

“发朋友圈？”他说。

“也许。”

“要不是你是女人，你简直是我的情敌了。”

“谁说女人就不能是你的情敌了？我就是你的情敌。小璐是我的人。”艳婷说着搂过小璐的脖子，她们一起大笑。

小璐和艳婷总有着说不完的话。他刚刚认识小璐的时候，并不知道她有这样一个好闺密。小璐在一家艺术中心当老师，教孩子们跳舞。尽管来的都是三四岁的小孩子，她还是很认真，很严肃，仿佛面对的是未来的舞蹈大师。可正是她的那种认真严肃，让他格外留意她。

他的小公司就在艺术培训机构的隔壁，他上厕所的时候必然会路过那里。某天，他隔着玻璃门看到了她，心中微微一动。从此，只要他看到她在上课，都会过来多看几眼。他像是等待孩子下课的家长，在培训机构不大的门厅里晃来晃去，终于发现了墙上贴着的老师简介。小璐的照片在第二排中间，看上去像是大学毕业照，青春的气息很浓厚。照片下方的文字介绍她毕业于某大学的艺术系，获过一些看上去很厉害的奖项。他恰好也毕业于那所大学，但他竟然不知道学校还有艺术系，那是一所理工科院校，女生都很少。他上网搜索了一下，果然，艺术系是他毕业后的第二年才创办的。

艳婷是小璐的艺术系同学。她们学的不是一个专业，小璐学舞蹈，艳婷学绘画，但她们来自同一个地方，这种乡情捆绑了她们，她们单独在一起的时候说家乡话，甚至做家乡菜吃。毕业后，她们的关系变得更好了，因为她们同样难找工作，只能合租在一起。也许她们各自都谈过不止一个男朋友，但那显然属于她的幽暗之地，他极少去打听什么。后来，艳婷在邻近的一座小一点儿的城市找到了工作，而小璐则找到了目前这个工作。她们的工作是一样的，都是艺术培训机构的老师，可是一个机构里没有音乐，一个机构里没有美术，她们只得分离了。

他跟小璐认识的起点比较奇怪，是在厕所门口。两个人方便完，同时从厕所里急匆匆出来，不知怎么回事撞在了一起。

他跟她说抱歉，她含混地应和了一声，他抓紧机会，指了指他的公司："我就在那儿上班，我们是邻居。"

她毫不迟疑地说："我知道。"他没想到她会留意到他的存在，从那天起，他就开始计算她的上下班时间，然后制造碰面机会，说上几句不痛不痒的话。

几个星期后，他鼓起勇气请她吃饭，她答应了，其实她也孤独很久了。可就在那天下午，他的投资失败了，他多年的积蓄化为灰烬，公司面临着倒闭的危机。

他和她坐在一起，突然不知道该说些什么，氛围冰冷，彼此的咀嚼声都能听清。最后他犹豫了很久，还是说出了口："对不起，我投资失败了。"

她怔怔地看着他，说："你就是因为这个……才不说话的？"

他点点头，万念俱灰。她笑了，确实，她对投资什么的一无所知，但她很想安慰他一下，便说："可你在我这里的投资还是有回报的，至少……我答应和你吃饭了。"这句话的安慰作用堪比导弹，他的内心创伤被精准打击，自此，他完全依恋上了她，不再犹疑。

他们在一起半年后，他的公司勉强保住了，但房子没有了。那套房子是父母积攒了毕生的钱给他付的首付，他咬牙卖掉了。资金需要流动起来，他安慰自己，都会回来的。

他跟小璐搬到了一起，他们同居了。小璐说："你看，你每失去一些东西，就会跟我离得更近一些。"

她的表情似笑非笑，他弄不懂这句话的深意，试探着问："你这又是安慰我吗？"

小璐沉吟了一下，说："也算是吧。"

他叹口气："我总觉得对不起你，让你跟我面对这些事情。"

小璐此刻正站在窗前往外望，她的头发扎在头顶，脖颈纤细，双肩舒展，腰身挺拔，是"亭亭玉立"这个成语的教科书式呈现，他的惭愧感尤甚了。

"你千万别觉得是我给你带来了霉运就好。"小璐回头，嫣然一笑，“对了，周末有空吗？陪我去走走吧。”

周六，他们坐了一个小时高铁，来到另一座城市。他已经知道了他们要去看一个叫艳婷的女孩儿，她是小璐的好朋友。他竟然有点儿小紧张，他害怕女友的闺密，闺密不一定有能力让你幸福，但一定有能力让你痛苦。当然，这是他的偏见，他知道自己是个充满偏见的人，他只求自己做事情的时候不要偏激就行。他朋友不多，假如朋友不联系他，他可以一直不去联系朋友。他这样的人居然还想做生意、搞投资？他对自己的人生也充满了质疑。

艳婷住在城南，从城北的高铁站下来还要乘坐挺久公共汽车。到站后，根据导航指示，还要步行八百米左右。他们慢慢走着，周围别无人影，午后的阳光很暖，两个人懒洋洋的，不想说话，更不需要戴口罩了。疫情蔓延一年多了，去哪里都要戴着口罩，现在赶紧摘下，大口呼吸自由的空气，仿佛疫情已经终结了。快走到时，他们看到前方矗立着一座荒废的城轨站，轨道脏兮兮的，已经生锈了。小璐告诉他，那个城轨修得早，曾在下雨天漏电，电晕过一个人。没过多久，不巧又碰上疫情，城轨便停运了。

“这不是停运吧，这都荒废了。”他说。

“停得久了，自然就荒废了。”小璐说，“这世上任何事不都是这样吗？”

“总觉得你有所指。”

“做贼心虚。”

这是一座粉红色的半新公寓，艳婷住在九楼，房间不大，一室一厅，厅里的墙上挂着几张油画，图案很抽象，角落里还支着画架，上面的画布是空白的。

“原来你是个画家。”这是他对艳婷的第一句话。

“我当然是个画家，我只是希望有人能真的赏识这些画。”艳婷穿着一件灰白色的大 T 恤，上面印着鲍勃·迪伦的头像，她蓬蓬的头发跟迪伦差不多乱，只是更长、更多，犹如热带植物。她用很随意的样子指着墙说：“你看，这些画多好，可惜一直没人要。你要喜欢的话，我可以送你几幅。不，不，你不要以为是因为没人要才送你的，而是因为你是小璐的男朋友。”

“好的，谢谢，怎么好意思要你的画……”他有些失措，艳婷完全不是那种按部就班、寒暄客套的人，他不知道该怎么应对，他的生活中没有这样的人。

“听小璐说你是搞投资的？你应该投资艺术，艺术品是会保值更会升值的。”

“艳婷，你别逗他了，他正为投资的事烦着呢。”小璐说着拉他在小沙发上坐下，“渴死了，给我们倒点儿水喝。投资你怎么不找老罗去？”

“他死了！”艳婷翻着白眼，给他们泡了两杯茶。

“看来又闹掰了。你们俩在一起多久？”小璐揶揄道。

“没算过，算那干啥，多一天少一天又如何，人连自己能活到哪天都不知道呢。”

“又说这种丧气话。”

“我是很平和地在说真理。”

他已经发现了，艳婷跟小璐的性格大相径庭，但她们依然可以聊得很开心。无论对方说什么，她们都兴致勃勃地接续话题，或反或正，乐此不疲。他知道，这就是他久违的友谊。他是有过好朋友的，只是年龄越来越大，朋友们该结婚的都结了，都有了自己的小生活，大家便疏远了联系。可真的是这样的吗？是，也不是。每当他回忆，想起那件事，他都会认为他不能再去信任友谊。那是最为可怕也最为常见的背叛：他的好朋友跟他的女友好上了，而他好长时间才发觉。于是，他同时失去了朋友和女友。

“听说你跟我们是校友，是我们的师兄？”艳婷忽然问他。他觉得她看他的眼神不算友好，那种冷酷的凝视，似乎要洞穿他的浅薄。

“是的，不过我毕业后学校才有的艺术系。”他像个中学生在课堂上回答老师的提问。

“你是哪个系的？”

“食品工程。”他补充道，“一个很奇怪的专业，你不问我都快忘了。”

“什么？”

“就是研究食品加工之类的，算是某种生物学技术吧。”

“那你投资食品厂之类的吗？”

他笑了，他来这里第一次大笑。笑完之后他说：“没有半点儿关系，你提醒我了，我以后应该做点儿这方面的投资。”

“不，你还是应该投资艺术。”艳婷指指墙上的画，她身上的鲍勃·迪伦盯着他笑了。

“投资食品和艺术。”他说。

“我开玩笑的，投资个屁的艺术！”艳婷突然语气都变了，她点上了一根烟抽着，说，“你看我们从艺术系毕业后在干什么？给小屁孩们上课！我真不忍看着孩子们天真的眼睛。他们是那么向往艺术，可是他们长大之后才会发现，如果他们完全投身于艺术的话，艺术会让他们一无是处。于是，他们只能去继续祸害下一拨天真的孩子们。你要知道，我们是从祸害中获得的那一点点口粮。我们活得太卑劣了，简直跟传销差不多。”

“艳婷！你这话说得太过分了吧？”小璐这次没有笑，板着脸，比她上课时的认真严肃还要认真严肃。他想：要不是对方是她的好朋友，她一定翻脸了吧。他也被艳婷的这段话给打蒙了，他没有思考过这类问题，他只是想多赚点儿钱，让生活有品质一些。如果别人告诉他这里有个艺术的项目可以挣不少钱，他一定会去投资的。可惜，他确实没遇见过跟艺术有关的项目。他真的应该投资艺术吗？那种感觉怎么好像跟做慈善似的。

“你不觉得吗？小璐。”艳婷的眼睛忽然有了泪光。

“我想过的，我想过了。”小璐把杯里的茶喝干，不由自主地咳嗽了几声，喘口气说，“你太讨厌了，艳婷，说得太残忍了……没错，我们的生活确实不如人意，我们没能成为像样的艺术家，可那不是因为我们对艺术的期待过高，而是因为我们对自己的期待过高了，不是吗？”

“都过高了。不过，我已经找到我的新方向了，”艳婷拉着小璐的手，“你绝对猜不到。”

“你说。”小璐的脸色又缓和了。

“我打算做一个文身师。想不到吧？哈，不但收入高，而且我想，我肯定会喜欢那种在皮肤上作画的感觉。你每画一幅画儿，那幅画儿便活着，跟一个人的生命一起活着。画不再是挂在冰冷的墙上，而是刻在一个人的生活里边。不管那是不是艺术，那种感觉肯定都特别棒。”

“我觉得挺好的，”小璐笑了，“只要你别在我身上做试验。”

“没事，我会拿他练练手。”艳婷瞥了他一眼说。

他瞬间一惊，旋即跟她们一起笑了起来。从那刻开始，他觉得艳婷确实是个可以做朋友的人。他在她面前可以很放松，但同时，他心底又很紧张，因为他不知道她突然又会说出什么让人目瞪口呆的话来。他承认，在此之前，他从未想过这世上为什么有艺术培训机构，艺术是可以培训的吗？艺术培训师跟艺术家是什么关系？

夜越来越深，大海的咆哮似乎越来越凶狠，那墨汁似乎也变得黏稠起来。他们吃了烤鱿鱼，喝了啤酒，确实没有吃到烤螃蟹。烧烤的小伙子说可以用锡纸把螃蟹包起来烤，但艳婷不同意，她觉得烧烤应该是穿在扦子上的，食物要跟火有直接接触。这让小伙子哭笑不得，他的话带着浓烈的海边味道：“那样子怎么搞嘛，那就是胡搞，我搞不了噢。”

“那就再来三瓶啤酒。”艳婷已经快醉了，舌头打结。

“嗯嗯，好的，就来，请稍等哈。”小伙子颇有些一丝不苟的态度。

艳婷搂着小璐窃窃私语，两人脸上一直挂着那种傻瓜式的笑，他觉得真好，他看了看玻璃上自己的影子，希望自己脸上也挂着那种笑，但他似乎看不清自己。

小璐也喝多了，刚刚兴起还在这狭窄的空间里跳了一段舞，惊艳全场。当然，这个全场不大，除了他们仨和烧烤小哥，就是那对小情侣。烧烤小哥抬头克制地微笑了一下，重新低头烧烤了。小情侣似乎依然沉浸在自己的世界里，只是往这边多看了几眼，也许心里还嫌他们太吵了。可无论如何，他为小璐感到骄傲，也为自己感到庆幸。

他端起酒杯，趁着微醺的酒劲儿说："亲爱的小璐，我敬你，你不只是舞蹈培训师，你是舞蹈家。"

"我跟你说，以后别再提这个话题。"没想到小璐翻他一个白眼。艳婷在一边偷偷笑了，所幸她没有再添油加醋地说点儿什么。

他只得自己把那杯酒喝了，顺便把嘴巴闭紧。她们不知道又在那里缅怀哪件往事了，他只得把注意力放在对面那对小情侣身上，观察起他们来。距离太近，他们有一搭没一搭的话钻进他耳朵里，他方才知道那两人不是情侣，至于是什么关系一时半会儿搞不清。那个女孩子刚刚二十岁，现在应该还是个学生，在某个很普通的技术学校念书。女孩子说，自己的前男友每天只给她十块钱，还好意思说对她很大方。前男友带她回家见家长，对方的母亲居然直接问她怀孕了没有。"这真是太夸张了。"女孩子自己笑笑，男孩子只是听着，什么也没说，什么也没吃。过了一会儿，女孩子说，自己的父母刚刚五十岁，男方的父母却已经七十岁了，差别好大。男孩子还是什么也没说，什么也没吃。女孩子也不说话了。两个人陷入了长久的沉默。女孩子一直勾着头，男孩子则注视着窗外的某个位置。他，复平，都忍不住顺着男孩子的目光看了过去，希望能看到点儿什么。但那里什么都没有，只有液态的黑暗。液态的黑暗比固态的更可怕，因为它是晃荡不安的，是无法封闭的。

“你干吗呢？喝酒！”艳婷叫他。他扭头，看见小璐趴在桌子上睡着了。他赶紧看地面，还好，没吐。艳婷真是好酒量，可以长时间处于这种临界状态，她比小璐多喝了一倍都不止，但她脸上的傻笑不见了，只剩下一种面具般的呆滞。

这时，他突然看到那个男孩子推门走了出去，只剩下女孩子独自坐在窗边。女孩子依然低着头，没有向窗外张望。

“你知道吗？我要开的文身店，就要像这里一样，是全透明的，让外面的人可以清清楚楚地看进来，看着我文身。”

艳婷说完这句话，傻笑重新挂在了她的脸上。

他把椰肉吃完了，嘴里甜得发腻。小椰壳很漂亮，放在石桌上，经过阳光的照耀，像个古朴的艺术品，如果在里边放满土，种上绿植，是可以摆放在办公桌上的。

一辆红色跑车的轰鸣惊醒了他的慵懒状态。他起身，把椰壳丢进垃圾桶里。抬头看到酸辣粉的小摊，他竟然抵挡不住，走上前去要了一碗，然后迅速吃掉了。酸腐中和了嘴里的甜腻，恰到好处。于是，心里也获得了一丁点儿宁静。万宁，不是万物都宁静，而是万望有宁静。他看小璐还没给他信息，便也不管了，直接打电话给她。

“刚醒，你在哪儿呢？”手机传来小璐慵懒的声音。

“宾馆门口，都下午了，出来走走吧，明天一大早就回去了。”

“好的，你等着，我去叫艳婷。”

昨晚他右手搂着小璐，左手搀扶着艳婷，摇摇晃晃，停停歇歇，花了半个小时才回到宾馆。他先把小璐弄上床，再送艳婷回她自己的房间。她房间就在隔壁，倒也方便，可是当他要扶艳婷上床时，艳婷伸手抱住了他，在那一瞬间，他心里涌起的居然不是什么欲念，而是宁静。

他没有额外的动作，没有推开她，更没有去回抱她，他感到自己什么也做不了，被一团坚固的宁静给包围了。十秒后，他的身体感到她在颤抖，然后她哭了起来，他没去询问，也没去安慰。醉酒后的哭泣最没道理，不一定是为了特定的伤心事，可以是为了生存本身而哭。但他的宁静也消散了，他回过神来，扶着她的肩膀，让她缓缓躺在床上，给她盖好被子。

她安静地哭着，节奏平和，没有起伏，像是一个已经忘记了为什么在哭的孩子。她任由他安排，她的眼影散开了，看上去有些凄凉。他关灯，走出房门，从外拉好，一个人站在走廊里，那凄凉的眼神还在他意识中停留了许久。

回到房间，小璐在沉睡，没有异常的迹象。他这才放心睡下。可他没有睡意，烧烤和啤酒让肠胃胀满，嘴里泛着啤酒花微苦的味道，刷牙也刷不掉。他翻了几次身，想着艳婷对他的拥抱，想着那一刻的宁静，想着她的哭泣，一些遥远的记忆被唤醒，也来凑热闹，零零碎碎的，其中一幕是他和初恋女友分手时两人抱在一起放声痛哭……他翻身面对小璐，轻轻抱住她，把脸埋在她的头发下边，那种熟悉的气息抑制了纷杂的思绪，他终于睡了过去。

小璐和艳婷终于从酒店走出来了。两人戴着墨镜，穿着款式差不多的绿色连衣裙，共撑了一把遮阳伞，款款走来。

“好一对姐妹花呀。”他调侃道。

“快说，发现什么好玩儿的了？”艳婷说，“要不然本小姐立马回去睡觉，还没睡够呢。”

“谁让你昨晚喝那么多。”

“今晚继续。”

“晕，你可饶了我们吧。”

“你居然说‘我们’？你和谁？我和小璐才是‘我们’。”

“好，那请你们饶了我。”

“渴死了，快买个椰子。”小璐说。

他买了两个很甜的小椰子，插好吸管，递给她们，问：“还吃酸辣粉吗？”

“不吃了。”

“我刚刚吃了一碗，挺好吃的。”他有点儿得意。

“背着我们偷吃？”艳婷说，她的嗓音有些沙哑，眼睛估计也是肿的。

“你不是不爱吃吗？怎么自己一个人又吃上了？”小璐有点儿意外，不过没有继续逼问他，转而换了个语气说，“我真的什么也吃不下，我们慢慢走走吧。”

小璐牵起了他的手。他们三人连成一体，在狭窄的人行道上慢慢走着，这片海似乎也有些累了，海浪稍缓了一些。抬头望，海天交接处有一架飞机在飞，小小的身影，似乎是画上去的，一动不动。平时叽叽喳喳的两位女士现在因为宿醉而沉默，他便不得不想一些话题来说说，免得冷场。不知怎的，他说起了脑子里所剩无几的生物学，告诉她们在单细胞生物那里性别并不是很明显，有一种单细胞生物好像有七种性别。

“你还嫌世界不够乱？”艳婷一如既往地语带调侃。

“我的重点意思是，单细胞生物很自由，它们可以有性繁殖，也可以无性繁殖，可以同性繁殖，也可以异性繁殖……”

“你想表达什么？”小璐忽然警觉起来，看着他。

他看小璐变得严肃认真，有些慌乱，说：“我就是觉得好玩儿……”

“他是想说我们三人的关系有些乱。”艳婷补了一刀。

“我可真没这个意思，你们不觉得这里边很有深意吗？不会给你们带来艺术的灵感吗？”他赶紧反击，不能坐以待毙。

一谈到艺术，她们又重新恢复了宿醉的状态。他暗自觉得好笑，但同时又很想抚慰她们一下。他谈起了附近那座建在人工岛上的奇怪高楼，还拿出手机，给她们看他拍的照片。

“不知道住在上边是一种什么样的感觉。”他感慨着说，“这就是有钱人的享受，用海子的诗说，那就是‘面朝大海，春暖花开’。”

“你别侮辱海子，”艳婷先批评了他，维护了诗人的尊严，方才缓缓说，“面对这片天天发怒的大海，真不知道是一种什么样的心情。”

“我们过去看看吧？”小璐忽然说，看她的样子不像是开玩笑。一般来说，她很少提出什么主动的想法，因此他必须支持她。

“好啊，我正好带路。”他说，“不过有点儿远，我们得骑单车过去。”

“正好在海边骑骑车。”小璐没有退缩。

两位穿连衣裙的女士骑着自行车，虽然有些不便，但她们在海风的吹拂下逐渐开心起来。他一会儿骑在她们前边领航，一会儿骑在她们身后守护，感到了从未有过的放松，如果有人现在称他为“护花使者”，他也不会难为情。一刻钟后，他们来到了那座高楼附近。疑惑的是，那高楼并未置身海岛，而是跟岸边紧挨着。

“高楼不是在海岛上的吗？难道是我看错了？还是涨潮退潮的原因……”他停下来，喃喃自语。

“肯定是退潮的原因。”小璐很确定地说。

“那可不一定，”艳婷的墨镜有点儿下沉，她的眼睛从上方盯着高楼，“岛是会移动的，你们不知道吗？”

“酒还没醒？”他调侃道。

“在《荷马史诗》里边……喂，你这个理工男总知道《荷马史诗》吧？你居然还点头了，希望你不是滥竽充数。《荷马史诗》里边记载了奥德修斯——也就是主人公——在回乡的路上，其中有一段路很神奇，那片海里有几个快速移动的岛屿，快到什么程度呢？鸟试着想飞过去都被夹住了尾巴。因此，一个女神警告奥德修斯：千万不要走这条路！”

“那个人……不，那个主人公，后来走那条路了吗？”他很快被这个故事吸引住了。

“你猜？”

“走了。”

“为什么？”

“神话故事不就是要克服这些障碍吗？唐僧取经还经过了九九八十一难呢。”

“你《西游记》看多了。奥德修斯是人，不是神。他听从了女神的建议，没走这条路。”

他听了似乎有点儿失望，心底好像有个声音说：为什么不走呢？艳婷似乎听到了他的想法，说：“就是，为什么不走呢？我们去走走。”

“没走那条路，怎么回家的？”他和小璐跟着艳婷向前骑，他想不明白，继续追问道。

“还有另外一条路。”小璐回答了他。

“这都行……”他想的还是《西游记》，唐僧除了一次次被妖怪抓走，似乎没有别的路可以选择。

高楼矗立在圆形的人工岛上，与岸边没有完好的道路相连，虽然紧挨岸边，也得走过一段礁石和沙滩，自行车只能先放在这里了。他们踮着脚，在礁石上跳来跳去，然后便跳到了岛上。

高楼像极了等待发射的火箭，巨大的圆柱体直耸天际。楼与岛的边缘至少有十米的距离，可边上连个护栏都没有，一不小心就有滑落的危险。也许，这里还没完工？但就现有的情况来看，楼的玻璃幕墙严丝合缝，光亮照人，楼门虽然是关闭的，但侧面的通话系统屏幕亮着，而且周围干干净净，别说没有残砖断瓦，连石灰和水泥的小痕迹也没有。真的是整洁有序，浑然一体。

他们三人绕着楼房慢慢走，在离岸最远的点，又有一座门，应该是楼的后门，也是紧紧关闭，能够抵御海浪的侵袭。他们站在门前，转过身，望着这片海层层叠叠的汹涌大浪，有种即将被吞噬的感觉。偶尔会有一两个浪冲得特别远，一直冲到岛的边缘，浪头飞跃而起，扑到岛上，留下一团水渍。从这里看不到任何冲浪的人，也没有船只，无比荒蛮。他们沉默着，就连艳婷也没说什么。这是个能让人失语的地方。他们站了一会儿，继续绕着楼走，参观完一圈儿可以回去了。但是，他们发现涨潮的海水已经充满了小岛与岸边的地带，三辆黄色的自行车已经被海水淹没了一半。他们想赶紧跳下去，但在这瞬间，又一个巨浪袭来，自行车转瞬便不见了。岛与岸之间的海水越来越多，越来越宽，岛向着大海深处缓缓移动，尽管这移动是如此平稳，不动声色。

就在他们琢磨着怎么上岸之际，忽然，身后传来清脆的声响，楼门居然自动敞开了。他们惊恐地望进去，看到了里边宽敞的电梯间，但空无一人。

“反正上不了岸了，不如上去看看？”艳婷边说边向楼门走去，她几乎没有迟疑便走进去了。

小璐紧紧拽着他的衣服，他去牵小璐的手，可小璐摔倒了，似乎是被水渍滑倒了，但他低头，看到地面是干燥的。他想把她抱起来，就在这个瞬间，楼门又忽然关闭了。他冲过去推门，门纹丝不动。他拍门，大叫艳婷的名字，可听不到艳婷的应答。不知是楼的隔音太好，还是海浪太吵，也许两者都有。

他和小璐瑟缩着，坐在楼门口，看到岛距离岸边越来越远。除了他们周围，人工小岛的其他地方都被海水打湿了。海浪的咆哮声也越发震耳欲聋，如果走到后门那里去，一定会被这片浩瀚无边的怒海给撕碎。他只得安慰着小璐，岛屿会有移动回岸边的时候，而艳婷也一定会平安出来，讲述她的见闻。

“艳婷肯定会没事的，我知道她。”她在他耳边细声说。

“是的，等会儿可能她就会从上面跟我们打招呼。”

他们在瑟缩中一起短暂笑出了声，然后抬头向上望，玻璃幕墙还是那么严丝合缝，没有某扇窗被推开而艳婷把脑袋探出来。什么都没有。

“我们也会没事的。涨潮这事，没什么大不了的。可我……我对所有的这一切都感到非常害怕。”小璐的颤抖明显加剧了。

他搂紧她。

沉默了好一会儿，他说：“我也是。”

# 我们聊聊科比

“科比死了。”他说。他的嘴巴瘪着，嘟嘟囔囔又说了些什么。

我说：“你说什么呢？”

他说：“科比死了。”

我说：“我知道了，就是那个打篮球的NBA明星吗？”

他说：“是的。”他的眼睛看着我，神情有些呆滞和失落。

我低头把沙发上的衣服拿起来，然后拿在手中，有些张皇失措。平时，都是肖佳——他的妈妈，在做这些事情。我和他除了把衣服胡乱丢在沙发上，很少把衣服从沙发上捡起来，放到对的地方去。

“你很喜欢这个叫科比的球星吗？”我有些心不在焉地问道，“我怎么从来都没有听你谈起过他呢？”

“因为爸爸你从来都不喜欢看体育节目，跟你说了也白说。”他的话与其说是责怪，不如说是委屈。我不喜欢体育节目，怎么就会让他委屈了呢？我一时想不大明白。

他坐在餐桌前，一动不动，像个木偶一般，面前的面包还是老样子，还有两只不安分的鸡蛋，只要有一点点触动，它们就会从光滑的桌面滚到地上。

“你写完作业了吗？”我也不知道为什么，条件反射似的，嘴里跳出这句太无趣的话。其实，这并非我的本意，但是，在这样的情况下，我似乎没法用别的话来回应他，因为我不想让孩子失望，我不想在孩子心中降低我作为家长的权威。仿佛在这样的责问当中，我就会重新获得我那自以为是的家长权威。

果然，他的神情变得更加沮丧了，两种不同的沮丧交织在一起，让他的行为变得有点儿别扭。他想用筷子夹起鸡蛋，却怎么样也夹不住。他说：“还没有。”

我说：“现在都几点了，你还来得及应付吗？”

一般情况下，他倒是不会欺骗我，要是面对他的妈妈，他肯定说他写完作业了。

他说：“应该来得及。”

我说：“你不会去抄作业吧？”

他说：“那不会。”

“你抄过作业吗？”我问。

他鼓着腮帮子吃饭，一时沉默了。我看他的样子，心里有些过意不去。我像他那么大的时候不也抄过作业嘛，可我不能告诉他。

我装作不经意地问他："那他是得什么病了吗？"

他愣了下，抬头望着我："你说科比吗？"

我点点头说："是的。"

他说："科比不是得病死的，他的飞机掉下去了。"

"太惨了。"他补充了一句。

他去上补习班了，剩我一个人待在家里。我拿起手机，这才看到各大网站的显要位置都在推送这条新闻，这的确成了这个时刻地球上最大的事件。我点开新闻后，看到了很多细节。科比和他的第二个孩子吉安娜，以及另外七个人乘坐的直升机坠落到了山崖上，随即燃烧起了熊熊大火，无人生还。

真是太惨了，我想到他刚刚说的话，心里不由得也感慨了一遍。

我不喜欢篮球，不喜欢球类——何止是球类，我几乎不喜欢任何体育运动，但我也知道一个 NBA 的超级明星意味着什么。在我小的时候，同学们喜欢的是那个外号叫"空中飞人"的迈克尔·乔丹，他们说他可以在空中走三步。我没有看过他的比赛，但关于空中走三步的意象倒是植根于心底，不曾忘记。我试着在空中迈出步伐，但准确地说，我只走了一步半。我从不因为自己的挫败，就怀疑别人，不，我从不。我知道迈克尔·乔丹肯定可以，一点儿问题也没有。问题是迈克尔·乔丹还活着，可比他年轻得多的科比却死了。我这一代人依然可以肆无忌惮地谈论迈克尔·乔丹，而我儿子这一代人却不得不谈论一个悲剧。

我坐在餐桌前，面对着空碟残迹，尤其是那一堆碎裂的蛋壳，竟然发起了呆。我应该找个时间，比如他今天补习回来，要是他不忙的话，跟他聊聊迈克尔·乔丹的事，聊聊空中三步走什么的。我从来没有跟他聊过这些，也许我应该跟他说说这些，就像跟朋友一样，他会感兴趣的。就算他不感兴趣，至少让他觉得他爸爸不像他印象中那么刻板。

微信响了，我以为是肖佳的信息，肖佳六点钟就出门了，那会儿我和儿子还在睡觉。但不是肖佳，是微信的新闻推送。新闻几乎是一切软件的必备功能。在那一堆新闻当中，当然包括科比的死讯，我已经了解了。（显然太不够了，我还会继续去了解吗？也许我需要儿子的动力。）但还有更多的新闻，尤其是那个陌生病毒的新闻。我差点儿忘记那个病毒了。那个病毒在另一座城市里面开始蔓延，导致那个城市三天前已经封控了。虽然我没有任何亲人在那座城市里，但我还是感到了某种特别的担心。这种担心里面，当然不乏有着怕它传染出来的恐慌，但也有着对那个城市中的人感同身受的东西。这种情形让我想到加缪的小说《鼠疫》，上大学的时候我读过那本小说，至今已经过去二十多年了，我基本上忘记了那本书中的内容，只是隐约记得里边也有被封城的情节。我总想着最近是否再拿出来读一读。

我已经很久没有阅读过正经的文学作品了，说起来我的工作还是有些文艺色彩的——我经营着我们这座小城里边最好的电影院。尽管不大，永远比不上一线城市，但它是我们这座小城唯一一所拥有 IMAX 放映系统的电影院。

我有时一个人坐在里面，欣赏着那种震撼的视听音效，深感骄傲，仿佛这项技术是我发明的。我做好了在这个春节加班的准备，去年的业绩至今让我兴奋。电影院是前年搞好的，但一直亏损，直到去年春节，我才终于尝到了甜头。科幻大片《流浪地球》成了去年春节的爆款，直到深更半夜，还是场场座无虚席。但是谁能想到呢，今年快过年的时候，病毒却开始肆虐，不管多么不情愿，影院都得关闭，这样的公共场所简直是病毒传播的培养皿，我懂。我说过，我读过《鼠疫》。因此，我不得不待在家里，独自度过余下的春节假期。

就在前天晚上，我们一家三口吃了个年夜饭，打开了寂寞太久的电视，看了春晚，吃了饺子。昨天，大年初一，我们一家三口在家好好聚了一天。好久没有整天时间聚在一起了，大家都有些兴奋，话越说越多，直到说到了陌生病毒，气氛才有些冷却。

要高考了，儿子主动提出大年初二他就要去补习，这是好事呀，我和肖佳当然支持。

肖佳轻描淡写地说，她明天就得去上班了。对于她，任何时候去上班，我都不会吃惊。但我知道，这次的情况有些特殊，我心里一揪，嘴上反而连半个字都说不出了。她在医院上班，只是个普通的护士，我经常劝她辞职，我不想她那么辛苦。但我的劝说无效，她每次下班回来居然可以做到如沐春风，犹如度假归来，还继续收拾打理我们父子弄乱的一切。我不知道她是如何做到的，我问她，她笑而不语。但是，她收拾房间的时候，我简直像个被当场逮住的罪犯，极为局促不安。其实，一开始我会主动收拾房间的，但在她眼中，永远是不合格。然后，我便逐渐不思进取，任由她惯着了。

“做惯了这些事情，顺手罢了。”她朝我笑了一下，“最近有啥好电影，帮我留意着。”

“这个你放心，给你放专场。”

“不，我喜欢跟大家一起看，热闹。”

“行，给你找个热闹的午夜场。”

“最好是爱情片，年轻人爱看的。”

“小年轻们拥抱在一起，亲亲热热的时候，看你怎么办。”我揶揄她。

“那可麻烦大了。”

她笑了起来。我们笑了起来。那曾经是我们的梦想，可我们谈恋爱那会儿，没什么像样的电影院，只能在大街上溜达。过去的美好永远留在我的心底。此刻，我们的谈话是一场心照不宣的虚构，似乎病毒并未肆虐，影院照常营业。

他们都去忙他们的事情了，只剩下我了。比起医院的压力，比起高考的压力，我这个暂时不能放电影的事情简直算不得压力，只是一种强迫休假。

我当真从书架上找到了《鼠疫》，然后泡了一壶茶，坐在窗前，逼自己读进去。

读了一会儿，我的心又开始嘀咕，贷款该怎么办？如果情况一直这样下去，我能撑多久？我不敢去想。我继续读，书里边写人们忙忙碌碌，永远都是为了发财，人们因此而厌倦，并让自己习惯。我就是厌倦而习惯的那类人吧，这就是写我的，我得认。热爱电影是我的梦想，赚钱也是我的目的。我希望生意能大好，能赚大钱，让肖佳踏踏实实辞职，或者有能力支持她做别的工作。

读了第一章，我就困乏不堪。好久没读书，读书的速度降低许多，竟然两个小时过去了。我去厨房里打开冰箱，把剩下的饺子放进微波炉热了下，简单吃了，便躺下午休。动物一般的生活，动物一样的幸福。

我做了一个梦，梦见自己在片场指挥拍摄一部科幻片，扮演外星人的演员竟然就是外星人，真正本色出演。我不急不躁，淡定地指挥着外星人。醒来后，我先是发愣，后来乐不可支，一个人傻笑了挺久。

下午我没能继续读《鼠疫》，长期感染我的那种浮躁的感觉，沉渣泛起，让我坐不住了，我必须要行动起来，但我能做点儿什么呢？不如就做饭吧。能做上一顿美食跟亲人分享，也是一种人生享受。我来到楼下的商场，看到门口在推荐土猪肉，肉摊背后张贴着一个巨幅广告，画面上站着一头壮硕的黑色土猪，下面写道：

我们是没有打抗生素的猪

不知道有多少人留意过这则广告，但是这则广告让我觉得很不舒服。那个“我们”的口吻非常诡异。既然是“我们”了，那我们还要吃掉我们中的成员吗？如果那个“我们”的范围很小，仅仅指的是猪类，但是作为猪类的“他们”又做出如此的宣传，好让“我们”更加放心地吃“他们”？

吃就吃吧，还要让动物心甘情愿，这种感觉很别扭。

我没有买它，从那堆红色的肉块儿前边迅速掠过。我得承认，如果没有看到这个广告，我大概率会买一些土猪肉。不知道是不是因为我电影看多了，我对生活中的细节充满了敏感，觉得到处都有戏剧性。而那些戏剧性多多少少会影响我的判断与选择。

商场里人不算多，但商场坚持开业。电影院不开业其实不影响生活，但商场不开业，我们就得喝西北风了。我小的时候，一到春节，任何商铺都关门了，街上反而没有平日里热闹。这样想着，我对商场充满了感激之情，很多商品在我眼中忽然就变成了艺术品。

我好不容易参观完这场大型的艺术展，买了一堆有用没用的食品与用品，回到家中，感到了一种虚无的疲惫。我呼叫智能音箱，让它随便播放一点儿什么流行歌曲，它用匀速的机器腔说："好的，主人。"然后，意想不到，响起的竟然是罗大佑的嗓音，这可不是什么当下流行的歌，或许流行于我小的时候吧，甚至比我小时候更早的时候。那旋律太熟悉了，我的脏腑像拳头那样攥紧了，等待着唱词的袭击：

亚细亚的孤儿在风中哭泣，
没有人要和你玩平等的游戏。

每个人都想要你心爱的玩具，
亲爱的孩子你为何哭泣？

我忍不住跟着哼唱起来：

多少人在追寻那解不开的问题，
多少人在深夜里无奈地叹息，
多少人的眼泪在无言中抹去，
亲爱的母亲这是什么道理？

我忽然觉得脸颊有些冰凉，用手一摸，竟然是泪水。我已经忘记了自己多久没有哭泣过，但是，让我没想到的是，当我哭泣的时候，我却没有意识到我在哭泣，更不知道自己为何哭泣。

就这样发发呆，恍恍惚惚的，突然发现时间已经五点半了。儿子怎么还没回来？这个时间点他早就应该回来了。就算他还想在外面逛荡一下，他肯定会跟我发个信息的。我对他的管教一点儿也不严，但凡他的要求，我不能说都满足，但基本上不会反对。因为他的妈妈太忙了，有时没法及时看信息，因此我们定下了规矩，他每天必须把行程提前发给我。

我给他发了个信息，让他看到信息后回复我，我怕他现在正忙着解题呢，也许是一道很难的数学题，已经到了关键的环节。我还记得，那些自己以为能够解开的难题，是最为耗费时间的。也许到最后，题也没能解开，还不如那些一眼看上去就不会的题，那些题被远远绕开了，不敢去触碰。

半个小时后，我把菜都洗好了，切好了，他还是没回我。我直接打电话给他，电话是通的，但就是无人接听。我着急了，我打电话给补习老师，老师说他早就走了。我心中一沉，噢了一声，却还没有忘记祝老师春节快乐。挂完电话后，我准备问问肖佳，但马上意识到，不行，这会让肖佳着急的。问问他要好的同学？我倒是存了几个号码，但这大过年的，这样问来问去，对孩子也不好。我只得又给补习老师打电话，询问我的儿子最近有没有什么异常状况。

老师愣住了，沉吟半天说："异常情况真没有，一切都很平常，或者说很正常，他的进步很快，悟性很高……"

我说："谢谢老师，都是您的功劳，今天他有和您聊天吗？比如科比？"

老师的语气不平静了："科比？你是说打篮球的科比？没有没有，聊他干什么，我们聊的都是学业，都是干货，不闲聊。"

我说："我知道老师您很专业，那就不打扰您了。"

老师说："你等等，他今天临走的时候突然提到了莫比乌斯带的问题，莫比乌斯带你知道吗？就是正面和反面是处在同一个平面的，我不知道他为什么突然会问这个，因为这个虽然也是数学，但跟最近的学习内容是无关的呀。"

我喃喃道："莫比乌斯带……"

老师说："你们当家长的现在可不能松劲喽，最后一百米，要冲刺好，可不能再去关心什么科比了。"

我认真地说："我知道了。"

我突然有些生儿子的气。就像老师说的，这都什么时候了，还敢开这种玩笑。我不知道为什么他不接我电话，联系到早上的表现，他是有一些不太对劲的东西。我觉得跟科比之死还是有关系的，但我也不知道关系在哪儿。难道这个孩子真的特别喜欢那个生活在遥远美国的篮球明星吗？他又不爱打篮球，为什么会喜欢一个篮球明星呢？也许，他在那个篮球明星身上寄托着一种情感，而这个想象中的亲人突然过世了，他陷入悲痛而不能自拔？情况会那么严重吗？可我们对孩子又能了解多少呢？在我们小的时候，不也有各种不切实际的幻想和情感，以及某些诡异的心灵寄托吗，就像那个《变形金刚》里边的机器人"擎天柱"，曾经就是我的偶像，现在想来都好笑。

难道出事了？我早就否定了这个念头，因为他的手机是通的。这个孩子有这个毛病，遇事喜欢把自己包裹起来，属于“蜗牛疗法”。就在不久前，他跟我大闹过一次。不算大的一件事——我逮住他吸烟了。我狠狠批评了他，仿佛我从未吸过烟。他认错了，并让我不要告诉妈妈。可我没忍住，还是跟肖佳说了。肖佳的反应之大出乎我的意料，她竟然气哭了，用泪眼望着儿子，一句话也不说。他扭头不看肖佳，使劲瞪着我，眼神里的憎恨犹如滚烫的炭火。我又火了，心想：你还要造反了？我也瞪了过去，嘴上还没来得及说话，他便摔门跑出去了。我赶紧去追，可他已经没有了踪影。

我真担心这小子，赶忙给他拨电话，可他就是不接。我变得极为懊恼。我打破了和他之间的“男人协议”。吸烟，从成年人的视角来看，又算得了什么呢？我冷静下来，思考着，我不应该只盯着他吸烟这件事本身，更应该关心让他吸烟的真实动因。有的人是架不住狐朋狗友的带动，便一起吸上了；有的人是心事重，需要吸烟来缓解情绪。以我对他的了解，他大概率属于后者。

后来的事实也证明了我的判断。他那天离家出走后，居然一个人躲在学校的操场上哭泣。这是他后来亲口告诉他妈妈的，然后肖佳转述给了我。我没想到我的儿子，一个男子汉，也会表现出这样的脆弱。他不像我小的时候。我小的时候，遇到问题似乎不会哭泣，而是会钻进游戏厅打游戏发泄，会在溜冰场里对着漂亮的女孩子吹口哨，完全就是老师最为头痛的那种坏孩子的模样。我的儿子不会去那样的场所，他厌恶那样的场所。他是个乖孩子，上下学都会直接回家。我一度有些担心他，觉得他会不会有些孤僻，担心他以后不懂得怎么与人相处，变得很难融入这个社会。

但是，他的母亲坚持说："我宁愿他现在这个样子，哪怕一个人待着，我也不希望他跟那些坏小子混到一起去。"

"他可以不跟坏小子混，但他可以跟那些好学生，或者是普通的学生一起多玩玩，不要显得那么孤单。"我说。

肖佳白我一眼："玩儿什么玩儿？现在孩子和我们小时候不一样，有时间玩儿不如多去参加补习班，竞争多激烈呀。他这样多好，不会被别人带偏了，一举一动都在我的眼里，我心里觉得踏实。"

"你这样不好，不利于他成长。"我说出这句老生常谈之后，像弗洛伊德那样对她进行了精神分析。我说，"这反映出你的母爱是有些自私了，具有绝对的掌控性，只要他在你的掌控之中，他做任何事情，你都是可以接受的，长此以往，一定会造成严重的后果。"

"什么后果不后果的，"她往脸上贴了面膜，像是面具人一般面对着我，“老娘可管不了那么远。”

我忘不了肖佳那个样子，她偶尔犯浑起来，我也拿她没脾气。对此，我也想清楚了，这只能让我确认我一直爱着她。我从不相信爱一个人也爱对方的缺点之类的鬼话。当你爱一个人的时候，你对对方的缺陷只能转过脸去。但对方如果非要让你正视，你要么会不知所措，好像对方突然变成了陌生人；你要么会大发雷霆，觉得对方冒犯了你，成了你的仇敌。而如果你觉得无所谓，那说明你可能不爱对方了。

可这个臭小子今天是跑哪儿去了？不理他了！我吃饭，自己吃。新买的那堆菜，看来也派不上用场了，哪有心思细细料理。我打开冰箱，看到了剩饺子，中午已经吃过一顿，现在还有七个。热一热，继续吃吧。但是，我胃口全无，而且发现自己如此虚弱，几乎浑身都在不规则地微微颤抖。不是因为身体里没有热量，而是因为某种焦虑，太多的焦虑，我没法告诉其他任何一个人。我不能再增添亲人和朋友的焦虑。我忽然像是机器人接收到信号一般，径自走出厨房，穿上外套，走出家门。我要去寻找我的孩子，我的脆弱的孩子，他也许正在这座城市的某个角落里哭泣。

城市不大，但对于一个渺小的人来说，依然大如大海，寻找便是大海捞针。可我儿子不是针，我儿子被某根看不见的针给刺痛了。我能慰藉他的疼痛吗？冷风吹在我的脸上，我的颤抖没有加剧，反而平息了。我觉得自己变轻了，轻飘飘的，像是失去了存在的根基。街上人影稀少，就连平日路上没完没了的汽车都要过上好一会儿，才从我身边掠过。这真是一个冷清的春节。

我心里慌乱，不知去哪儿，东张西望，好像儿子会藏在某个角落里，就像流浪汉那样。但脚步自带导航，我这才反应过来，我是往他的学校走去，走去他上次哭泣的地方。上次他自己一个人在校园的角落里哭泣，因为我批评了他。这次，我要能找到他，我会陪着他。我会心平气和地告诉他："现在是非常时期，不能再乱跑了，感染了可怕的病毒怎么办？"

路边出现了一家明亮的便利店，我犹豫了一下，还是走了进去，买了一包烟。准确地说，是一包"红双喜"。不是什么好烟，但包装喜庆，总是能多多少少对冲一下吸烟时的负罪感。往外走的时候，我突然想到，我还需要一个打火机。我已经不是那个随身带着打火机的少年了。我在挑选打火机的瞬间已经想好了，等会儿我找到他，我一定跟他好好聊聊天，聊聊科比，以及别的很多事情，比如为什么我不爱打篮球，也不喜欢看别人打篮球。最重要的是，聊的时候，我会给他发一根烟，给他点上。然后，我们一起吞云吐雾，天南地北地胡侃。哈，这种行为可不像是一个好父亲，但今晚，我不想当他的父亲了，我想当他的朋友。

校门紧锁，我吼了两嗓子，没有保安出现。不等了，来吧，翻过这个铁栏杆，老胳膊老腿了，但经验依然保存在记忆中。我甚至对自己狠狠地说，老子在读书的时候，没少翻这玩意儿！可我在下滑的过程中，裤子被钩住了，显然烂了个口子。顾不上那么多了，起跳，我站在了校园里，像个贼。我向操场走去，太黑了，今夜没有开灯，谁敢独自待在这里？我打开手机的手电筒，在黑暗里挖了个大窟窿，窟窿以外的地方更加看不清了。我喊了一声儿子的名字，又喊了一声，连回声都没有，那声音被窟窿吞噬了。我关了灯，愣愣地站在黑暗中，只有天空有些微光，铁蓝色的微光，几颗依稀的星如弹孔。

突然，天空有强光照亮了我的眼睛，随即一声声炸响传到了我的耳朵里，原来是放烟花了，毕竟还在过年呢。烟花一朵接一朵，把黑暗的天空炸开了花，我没心情欣赏，赶紧四下张望，操场上空无一人，平时流窜的野猫也没影了。我继续喊他的名字，并且跑了起来，边跑边喊。突然，一切重归于黑暗。我几乎本能停下了，仿佛那黑暗是坚硬的。

我恍然想起去年的大年初二，我们一家三口是在一座海岛上。那个海岛很大，叫“南澳岛”，南澳岛自成一县，北回归线从岛上穿过，因此，岛上还专门立了个北回归线纪念碑。我们坐在纪念碑下的石台阶上，据说晚上十点的时候，就会有人放烟花。这不是什么硬性规定，就是有人喜欢放烟花，形成了一个小传统。

十点的时候，儿子还专门对我说：“十点了。”我们抬着脑袋，像原始人期待神迹那样望着天。果然，烟花在天空爆开了。尽管是小型的烟花，但我们还是开心极了。每天晚上都放烟花，让每个夜晚都变成节日，这是一种什么样的生活呢？这就是幸福吗？廉价吗？也许，但很美，确实很美，尤其看到儿子的脸被烟花照亮的时刻，他的脸已经像个成年人那样棱角分明了，但还透着单纯与稚气。青春就是暧昧，正如这烟花的朦胧之光。烟花冷寂后，我带着儿子去沙滩上散步。退潮了，退得很远，我们在沙滩上向海的腹地走去，突然，大海一个反击，飞扬起的浪花把我们的衣服打湿了。我站住了，而儿子继续往前走，在浪花里尽情玩儿，蹦着、跳着、喊着，得意忘形。我看着他，意识里再无其他，觉得自己也在那里蹦着、跳着、喊着，得意忘形。

手机突然响了，在操场上手机铃声显得格外单薄。陌生的号码，还是赶紧接了。

对方是个女人，说她是肖佳的同事，然后说：“您儿子在医院呢，但肖佳正在手术室，出不来，您能来接儿子回家吗？”

我愣了一下，说：“他怎么去医院了？为什么不接我电话？！”声音之大，出乎我的意料。我赶紧向对方道歉，说自己快急疯了，这会儿正在学校里找他呢。

“您这下可以放心了，赶紧过来吧。”对方温柔地说，“我们也不方便问孩子发生了什么，看上去他心里有事。”

“好的，我马上到，谢谢您！”我差点儿带出哭腔。

我连滚带爬地翻越了校园栏杆，这时背后有束手电光照着我，我看到了自己扭曲的影子，听见了保安严厉地质问：“什么人？干什么的？！”

“我来找我儿子的，他是这里的学生。”我头也不回，挥手拦车。

“神经病吧！这是大年初二，神经病！”

“对，我是神经病！”我毫不犹豫地喊道。

他愣住了，我没听见他再骂我了，我在他的手电光的照耀下钻进了的士，向医院驶去。的士司机从后视镜不时看我，也忍不住问我怎么回事。

“我真的在找儿子，他今天去补习班后还没回家呢。”

司机听我这么说，猛踩油门，车子飞跑了起来。

“儿子在医院呢？”他问。

“在，”我说，“但他没受伤，他妈妈在那儿上班。”

“嗐。”他松了一口气。

“但他妈妈并不知道。”

“啊？”他半晌没说话，车速也没降低，过了会儿，他感慨了句，“现在的孩子呀，搞不明白。”

“我很想搞明白。”我说完，又问他，“你知道科比吗？”

“打篮球的那位？”

“对。”我叹息。

“他今天出事了。”司机说，“太惨了。”

“是的，太惨了。”

“你平时看篮球吗？经常看科比？”

“做我们这行的，没时间呀，可我能听。”他腾出右手打开了广播，一阵吱吱啦啦的声音后，中年男低音开始解说某场比赛。“听听他们打篮球也很精彩的。我儿子喜欢NBA，什么科比，什么湖人队，什么小飞侠，都是听他说的。”

“你儿子多大？”

“十五岁。”

“我儿子十八岁了，还喜欢这种东西。”我口气中有着不自觉的抱怨。

“三十八、四十八的人还喜欢呢。”

我被司机戗得说不出话来。我还是被自己的偏见给束缚着，某些时刻，我也厌恶这样的自己。但很多时候，我会忘记自己的这一面。

车到了医院门口，我跟司机连说了几声感谢，能在大年初二跑出来开的士的人，肯定有他的无奈和隐痛。

我跑进医院，奔向刚才电话里约好的五楼护士站。远远就看到一个护士朝我招手，她戴着口罩，完全看不清她的表情。我跑到她面前，她没什么客套，直接说："我经常看肖佳发的朋友圈，才在走廊上认出他的，包括现在一眼认出您。"

肖佳是一个喜欢发朋友圈的人，只要一家三口聚在一起，哪怕在家，她都会特别兴奋，拍拍照，发发照片。我和儿子对她的这种行为一开始经常抗议，我们可不愿意让人看到我们在家邋里邋遢的样子。后来，我们也习惯了。吃饭前，手机镜头先吃，忙忙碌碌的时候，她突然拿手机拍我们，我们也像是什么都没发生。我们成为她单位的"名人"是意料中的事情。

"他……人呢？"我朝她强笑了一下，赶紧问。我忘记了自己也戴着口罩，对方也看不清我的表情。

她朝我走近了一步，压低了声音："里边呢。"我看清了她的眼睛，那眼神示意我不能轻举妄动，或是不要暴躁。

我读懂了。

我蹑手蹑脚往门口走去,仿佛儿子在熟睡,不能惊醒他。我看到他了，他坐在那里，书本在面前的桌面上摊开着，他正在学习，还在用笔记着什么。这个情景与他在家毫无二致，但与周围的环境格格不入，我心里反而更没底了。

我站在原地用指关节敲敲门框。儿子扭头看到我，轻轻叫了声：“爸。”

“欸。”我答应着，这才走向他，直至把手放在他的肩膀上。

我的手感到他的身体战栗了一下，也是，我上次跟他这么亲昵的接触都不知道是什么时候的事了。他的身体随后陷入了僵硬，这种僵硬仿佛会传染，我的手也变硬了。

“你没事吧，来这儿是找你妈？”说着，我的手就下意识地缩回来了。

“我，我就是想来这儿看看。”他的身体依然僵直。

大年初二，还这么冷，你想来这儿看看，看什么呢？我在心里对他说。我的手插到口袋里，摸到了香烟。这要是户外，没准儿我就真拿出来给他了，但这是医院，我扭头看了看门口，只看见了肖佳同事的背影。她的白大褂让她显得瘦小，像是在一个布袋里挣扎的小生物。

“你想看看你妈妈？你知道你妈妈非常忙，她在手术室里，你见不到她的。”

“我知道。”他沉默了一会儿，突然站起来了，看着我说，“我不是来找我妈的。”

“那你……”我后退了半步，有些紧张，不知道他想干吗，我的心跳加快了，我惧怕他说出一些让我难以接受的秘密，但我又期待着他快点儿说出。

“我想看看，”他的声音忽然颤抖了，有种奇异的尖细，“我想看看……太平间。”

“孩子，你真吓到我了！”

“我想看看死人。”他的声音变大了，一种难以抑制的悲伤与恐惧让他的脸扭曲变形，“我想看看人死去了到底是怎么回事。”

肖佳的同事应该听见了这边的动静，我眼角的余光可以看到白大褂逼近了门口，但我不能扭开我的目光。我盯着我的儿子，我知道他陷落在一个巨大的凹坑里边了，我得全神贯注地陪着他，并想办法把他从那个凹坑里边给拽出来。

我和儿子的目光对接在一起，但他的目光是飘忽的，犹如冬日的寒雾。

我被他的目光笼罩，似乎看不清他了。我努力朝他看，眼睛都酸涩了，忽然，我搂着他，自己都没意识到发生了什么便哭起来。这是我第一次搂着他哭泣，作为一个父亲，我全然顾不了许多了。

我听到他也哭了起来。肖佳的同事从外边把门关上了。在医院里，哭声是最常听见的一种人类声音，只不过有时是因为刚刚来到这个世界，有时是因为刚刚离开这个世界，有时是因为茫然无措。我们茫然无措吗？当然。可我们比茫然无措的病人更加茫然无措，因为我们不知道自己为何要茫然无措。

“儿子，别哭了，我们聊聊科比。我想和你聊聊科比，今天早上太匆忙了，没来得及好好跟你聊聊。”

我的话几乎是非理性的呢喃。我控制着自己的身体，让它平复下来。但我的儿子停顿了一下，继续哭泣。我想：让他好好哭吧，哭够了，他会跟我聊聊科比的。只要他肯和我聊聊科比，我就能把他从那个凹坑里拽出来。与此同时，也很有希望把自己拽出来。

# 经　年

他的前胸感到灼热，翻来覆去，难以入睡。反流食管炎折磨着他。和小青分手的当晚，他的病就发作了。仿佛那些惯性的感情无处可去，只能变成胃酸，在他的体内翻腾。他垫高了上半身，尤其是枕头，防止胃酸倒流。但是，那个姿势像是那种长途大巴上的躺椅，为了节省空间，每个人都是半卧着的，睡醒之后腰酸背痛。好久没坐过那种可怕的车了。那是哪一年？大学二年级的暑假？他坐长途大巴去小青的老家找她玩儿。那会儿，他们刚刚在一起，无忧无虑，激情澎湃，可仅仅两年后，大学即将毕业，他和小青没能在广州找到工作，小青决定回家。

“你回家了，我怎么办？”他有些茫然，他来这座城市完全属于偶然，而他因为小青，爱上了这里，觉得只要有小青陪着他，他可以在这里一直待下去。

“我家里给我找了一份挺稳定的工作，还是带事业编制的。你知道，这个机会有多难得，是不能浪费的。”小青说话的时候没看他，她坐在椅子里，双腿蜷起来，整个人缩成了一团。

他们吵了起来。他没想吵的，可是她没有回答他的关切，她回答的只是关于她自己的部分，关于他的部分，空缺了，仿佛她的选择和他没有关系。他厌恶她这样，虽然他能够理解她所说的机会珍贵，但他不能容忍她就这样直截了当、不加掩饰地说出来。如果她表示了歉意，如果她开始了哭泣，那么，他绝不会开始乱吼乱叫。可是，她没有，她如此理性、如此冷静。于是，他只能开始乱吼乱叫，像一个疯子。

她沉默了一会儿，然后也开始乱吼乱叫。两个人都疯了，互相诅咒着对方，恨不得将对方撕成碎片。

这个时候，她的舍友回来了，看到他们这样，吓得直吐舌头。没错，他是在她的宿舍，他原本来是来帮她收拾行李的，可是一切都已变了味道。

她的舍友对他说：“我最烦男生吵架了。”

他悲愤，却不能再说些什么，只得就那样走了，灰溜溜的，像个控制不住脾气的莽汉。如果那场架继续吵下去该多好，要么吵个天翻地覆，此生再也不相见，要么吵到大家精疲力竭，也许反而能够平心静气地说话。可惜，都没有，在愤怒激战的中途被活生生打断了。

外面正是盛夏，蝉鸣和牛蛙的怒吼加剧了他的烦躁，他能感到汗珠把鬓角弄湿了。他还在生她的气，但已经不再是刚才的那个点了，那个点变得模糊，在这溽热的空气中融化开来，将他整个笼罩。他还没走到自己的宿舍楼前，泪水突然就流了下来。他用擦过汗水的手指擦了擦眼睛，眼睛感到了辛辣。泪水分明比汗水更咸，但眼睛还是接受不了汗水。

这是个刚刚开始普及手机的年代，他还没有手机，她倒是有。他做了一个学期的家教，然后在她生日那天，送给她一部刚刚上市的摩托罗拉手机，而且还是彩屏的。她的笑脸灿烂如花，这个类比很俗套，但他当时就是这样想的，女人真的可以像花朵一样盛开。他站在路边的一个插卡电话亭前，想到了她曾经如花的笑脸，愣怔了很久，最后还是走了。现在这件事，见面都说不清楚，更何况打电话。

说不清楚的事情，其实还是没想清楚。他确实没有想清楚这件事情。这样说也不准确，小青在家乡找到了一个有事业编制的工作这件事本身，是没有什么问题的，假如他和小青只是普通的同学关系，他会祝福她的。但是，小青是他的女朋友，尽管只谈了两年多，严格来说，是两年零五个月，这足以引发他产生太多想不清楚的事情。比如，她回到了家乡，他该怎么办呢？他该去她的家乡找个工作，然后等一切稳定了就和她结婚生子，还是应该回到自己的家乡，也找个带编制的稳定工作，他们就此相忘于江湖？忽然，他看了眼周围熟悉的环境，闻了闻空气中熟悉的气息，留在这座城市，真的不可能吗？

他投了那么多简历出去，参加了那么多场招聘会，可是，心仪的工作一份也没找到。当然，也不是没有机会，有些小企业也对他伸出了橄榄枝，但那种开在小区居民楼里的小企业有今天没明天，一个不留神就失业了。还有尊严，他的同学，他认为那些能力不如他的同学，怎么都找到了国企或外企，甚至公务员，即将拥有不错的福利。他是怎么了，他仅仅是运气不好，还是能力不济呢？他觉得自己的能力足以改变世界——如果自己被放置在一个很正确的地方的话。为什么他们看不到这一点，然后把他放在一个很正确的地方呢？

这里的盛夏，总是这么来势汹汹，各种嘈杂的虫鸣在怒吼。这可不是什么大自然的交响乐，这分明是附近驻扎了连夜干活儿的施工队。他不想回宿舍，那几个哥们儿现在都是单身，有的一直没找到女朋友，有的已经分手了，他们享受着最后的大学集体生活，围在一起打游戏、看电影、酗酒、吹牛。如果说，他们此前羡慕他有个女朋友，那么现在，他们则可怜他了。以他现在的状态回去，他们就能立刻嗅出那种伤感的血腥味。也许，他们会陪他喝酒，他一开始会不情不愿，然后，在乙醇的作用下，他会变得亢奋，频频主动碰杯，投入这场虚无的狂欢，最终，他会酩酊大醉，在厕所里呕吐，然后躺在床上不省人事。第二天起来，他会变得极度抑郁，仿佛大病一场。

不能再这样干了。那样的事情属于青春，属于校园，而他即将告别这两者。尤其是折磨他的问题，属于青春与校园的对立面。他决定在校园里独自度过这个漫漫长夜。这个决定让他有些兴奋，因为太不着调，反而特别适合在这人生阶段的夹缝时期。他是个好学生，曾为迟到和早退而感到羞耻，大学四年，只有一次逃课，而那一次是因为小青生病了，他来不及请假。他从来没想过为了自己逃一次课，去哪里走一走玩一玩，哪怕是在宿舍打游戏，或者是赖在床上睡懒觉都好，这都属于为自己而逃课。可这样的逃课，他做不出来，他感到有负罪感。而为了小青去逃课，让他觉得自己是个有责任感的男人，是浪漫的。但他此刻才意识到，他从没有专门为了浪漫而逃课。照顾一个生病的人，也丝毫谈不上浪漫。

他像个雕塑一样傻站了一会儿，然后开始漫无目的地向前走去。所谓的前方，也只是顺着道路的曼延而已，至于去哪里，他完全不知道，也不想去规划。校园里的人影越来越少，他走到了体育馆的台阶下，坐了下来。体育馆和面前的这座小广场一年前刚刚建好，当时建设的时候，在这里挖出了一座汉代的墓葬。小青拉着他的手，他们站在人群的后方，使劲向前挤，想亲眼看见奇迹。但他的心底有点儿忐忑，他可不想看见白森森的人骨。等他挤到近前，发现哪里有什么人的踪影，只有一些黄泥巴包裹着的动物陶俑。实际上，那些形状太过抽象，所谓动物，也是听旁边的同学聊天中说的，估计是考古系的同学。他看清了一只陶塑的鸡，鸡嘴过于阔大，鸡身过于臃肿，可那是一只鸡是确定无疑的。

“鸡！”他指着那东西对小青说。

“鸭！”小青说，“那么宽的嘴，怎么可能是鸡呢？”

“我觉得那是一只在坏笑的鸡。”他说，他觉得尤其是那个东西的眼睛做得实在好玩儿，经历了两千年的黑暗，它重见天日之后抑制不住地在笑。

他把这个意思告诉小青，小青忽然就害怕了，拉着他往回走。

“一点儿都不好玩儿，”小青噘着嘴，“咱们学校竟然建在古墓上面，想想都不敢睡觉了，怕做噩梦。”

“那座古墓里边，最让你害怕的是什么？”他望着小青红润的脸蛋，在阳光下还能看清上边透明的汗毛。

“让我想想，”小青沉吟了一下，“我怕那里边看不见的东西。”

“看不见的东西？”

“是啊，我们现在看到的，只是一个遗址，那些已经不存在的东西，让我害怕，我不敢细想。”

“你不如直说，怕僵尸。”他笑着说。

“这不是连僵尸都没有了？更叫人怕，不是走在夜路上突然出现鬼脸的那种怕，而是一种隐隐在心底深处开始腐蚀的怕。”

他坐在体育馆的台阶上，想到了那天两个人的话，竟然可以丝毫不差地记起，他为此感到有些意外。因为那早已经沉寂在时间的背面了，要不是今晚坐在这里，记忆被突然触发，那一幕估计永远都不会再现了。就像永远不会被发掘的古墓。可这是多么重要的一幕，尤其在这样孤独的时刻，他咀嚼着小青说的那句话，才意识到小青要比他认为的更加复杂。他当时没有追问她，那种腐蚀究竟是一种什么样的感受，是什么在腐蚀。此刻，他还是解答不出来，但是，他似乎体验到了她的感受，他的心底感受到了某种奇异的腐蚀。

幽暗的灯光下，穿着制服的保安慢悠悠走过。保安看了他一眼，什么也没说，继续不紧不慢地向前走，直至消失在黑暗中。灯光下忽然出现了无数的蚊虫在飞舞，仿佛是保安的影子被撕扯了下来，迅速分解成了碎末。

他抬头望着无尽幽深的夜空，低头望着古墓的遗址，那遗址的遗址，独自待在这里，想到这些事情，似乎并不怎么美好。如果他说自己一点儿也没有恐惧，那肯定是在自欺欺人。但有一点是可以确定的，他开始想念小青了。刚刚吵完架的愤懑，现在早已无影无踪，在这夜色下，那些美好的记忆重新明亮起来，如果现在有人要剥夺他这些美好记忆，他觉得自己一定会痛苦地死去。那简直与谋杀无异，就像一把刀子直撅撅地插入心脏，热辣辣的血流从身体中完全喷出。

小青和他一样，来自一个普通的县城，尽管是不同的省份，但大家一聊起来，居然有那么多相似的东西。比如只有两条主街，而在主街最繁华的十字路口，都有一家利用了神奇汉字搭配规则的中国企业："麦肯基"——麦当劳和肯德基的假亲戚。他们每次聊到这个话题，都会哈哈大笑，他们不用去对方的家乡，就知道那儿是什么样子的。因此，他们觉得亲切，他们既厌弃县城的嘈杂，又热爱县城的热闹。他们有时分得清嘈杂和热闹，有时也分不大清，但谁会时时刻刻去分清这两者呢？也许，真分清楚了，反而什么都不剩了。

他们共同的成长经历，让他们在这座两千万人的巨型城市当中变得敏感而好奇。他们每个周末都搭上公共汽车或是地铁，去看那些高楼大厦。看腻了那样的混凝土和玻璃幕墙之后，他们还是觉得从前好。木心怎么说的来着："从前慢，从前，一生只够爱一个人。"他们还顾不得考虑一生是否只爱眼前这个人的问题，他们只是觉得眼下的时间是永恒的，他们有足够的时间去怀不属于他们的旧。他们在网上研究这座城市的名胜古迹，做好功课，然后再亲临其境，感到了莫大的满足。鲁迅先生是他们俩共同爱好的作家，先生曾经在这座城市生活过一段时间，留下了一些遗迹。他们为此专门研究了鲁迅在这座城市的起居饮食，然后按照一张做好的图纸，进行了为期两天的游玩。他们来到鲁迅住过的白云楼下，发现这里尽管破旧，居然还有人住着，他们从门缝往里看，黑乎乎的，什么都看不见。

"无穷的远方，无数的人们，都与我有关。"他想起了鲁迅的话，轻声说出了口。

"可鲁迅住在这里的时候，听到邻居的吵闹声，写下的却是，'人与人之间终究还是隔膜的'。"小青吐吐舌头。

"是吗？我怎么不知道。"他的情绪不想从"有关"跳到"隔膜"里边，那不太美好。

"这有什么奇怪的，这两句话看似矛盾，但终究是统一的，这才是鲁迅先生嘛。"小青满脸得意的样子，"你知道鲁迅怎么说这个白云楼的吗？"不待他回答，她继续说，"很阔，然而很热。"她清脆的笑声在这里回荡着，行人不断侧目。

他看到小青背后的墙上写着两个很大的字——邮局。那字体很古旧了，让他不由凝视了一会儿，仿佛有什么信息需要他接收或投递。后来，他去小青的家乡玩儿的时候（他没敢去她家里），才发现小青家旁边也有这样一座古老的邮局遗址。

小青没有留意他的表现，脚步灵活，像兔子那样转过身。她穿着粉色的短袖，下面是蓝色的牛仔裤，简简单单的，但浑身上下充满了活力。她指着前面的马路说："那里曾经是河流，还有个小港，上边经常停泊着十几只蜑户的船。鲁迅先生经常望着那些船发呆，后来还写了'一船一家，一家一世界，谈笑哭骂，具有大都市中的悲欢'这样的句子。现在码头都没有了，短短几十年，却是沧海桑田的变化。"

"你不做导游可惜了。"他摇摇头，觉得小青活泼到了令他觉得陌生的地步，但他爱这样的她。

"导游才不会跟你说这些。"她露出了骄傲的笑容。

他们所学的专业不是中文，而是行政管理。他们只是热爱文学，憎恶行政管理。他们俩不止一次自嘲，他们这样的社会底层，还设想着去管理别人？他们应该先学着管好自己。管好自己的意思就是，先在社会上吃饱肚子，租得起房子，然后，活下去。

那天，他们玩儿得很开心。晚餐时分，他们坐在麦当劳里吃着汉堡，聊着天，忘记了时间。等到意识到时间这个东西的时候，发现即便立刻赶回学校，也已经错过了宿舍楼的管制时间。宿舍楼的管理阿姨是非常凶的，会穿着睡衣把你拦在门外询问很久。直到你认错道歉，无地自容，她才会打开门锁，放你进去。

“那咱们今晚不回了好不好？”他看了看繁华的周围，“找家旅馆住下来。”

小青没说话，但脸红了。

他这才想到了更多的事情，他也有些羞涩了，他们到现在为止，居然都没有越过那个界限。他们只是亲吻，拥抱，像是一部纯洁的爱情电影。但他作为青春勃发的成年男人，怎么可能没有激情的涌动呢？奇怪的是，他一次次克制自己，生怕自己的冲动会带来改变，至于是什么样的改变，他想不清楚。

“那也没办法了呀。”他抱抱她，喃喃说道。

“只能如此了，”她说，“可是，我们身上没带多少钱吧。”

这倒是提醒了他，他读大学的时候，父母来送他，住在学校对面巷子深处一家很便宜的酒店里，也得三百元。而他们的口袋里，全部的钱加起来不到两百元。如果晚餐不吃麦当劳，吃碗粉，也许刚刚好。

“去找找吧，应该有便宜些的，我们只是凑合一晚上，忍忍就过去了。”他这样说的时候，尽量显得理直气壮，是因为回不去学校才被迫这样做的，而不是出自一种渴望。他要把那种渴望隐藏起来。

他们从大街走进了小巷，寻找着廉价的旅馆。一家挂着木牌的“招待所”，让他看到了希望。“招待所”这三个字传递出来的是旧时代的陈腐气息，一定也伴随着特别的廉价。他牵着她的手走进“招待所”，里边逼仄阴暗，令人不适，但凡有选择，他会立刻转身离去。他们的脚步声让里边走出了一位中年妇女，她的架势和气息竟然和宿管员一模一样。她的眼神里全是狐疑，仿佛他们俩是两个贼。

“住宿。”他低声说。

“你们俩一起住吗？”

“是的，一间房，我们住一起。”

“你们俩结婚了吗？结婚证拿出来，要登记！”

他们俩像是被打蒙的猴子一般，愣在了那里。他虽然还是学生，但他的同学当中，情侣出去开房极为常见，从来没人说住店还需要结婚证的。他们俩本来就因为囊中羞涩还怀着一种可耻的自卑，现在好了，又来了一次精神层面的羞辱，似乎他们俩的关系有一种非常不道德的成分。小青拽着他的胳膊，迅速离开了那个地方。他走出招待所，迅速回头，再次盯视了一眼这个破败、腐朽和阴暗的地方，他怀疑自己是不是“穿越”到了过去的某个年代。

“这可怎么办？”他的声音如此轻微，像是跟自己说话。

小青沉默着，她脸上的表情倒是平静的，看不出太多的起伏。小青是个内敛的人，他总是猜不透她。她越是这样，他越是慌张。他想离她近一些，再近一些，而她，似乎把自己一直隐藏在雾中。

这时，走过一个街角，大江就在出现面前。他们被那种开阔给吸引了，不由自主地向江边走去。夜晚的大江，他们还是第一次目睹，黑色的水流犹如金属样，沉重而深邃，还吸纳着整座城市的依稀灯火。

江边一个人影都没有，他们并排趴在石栏上，向对岸或是更远处眺望。仿佛在夜晚的庇护下，会有什么神秘的事物现身。

“好安静。”小青叹口气，“一切都平静了。”

她的双肘撑在栏杆上，托着脑袋，身体显得娇弱瘦小。他情不自禁搂住了她，他去亲吻她，她没有拒绝。在身体的接触方面，她总是显得很被动。他也不是那种特别肆无忌惮的人，因此，他们的接触总是显得笨拙而机械，缺乏情侣之间应有的那种随意和亲密。这一次，在安静而浩荡的江边，夜晚掩护着他们，他们有些肆意了，舌头都变得灵活了。他的手伸进了她的衣服里边，抚摩着她的肌肤，并向敏感的地带探索。她微微颤抖起来。他有些忘我了，用手去解她的皮带，打算脱下她的裤子。她将他轻轻推开，含羞而又惊讶地说：

“你不会打算在这里干些什么吧？”

他的第一反应竟然是看看左右，看看周围有没有人。那是一个罪犯的本能反应。他说不出话来，内心涌起的是一种悲愤。如果他们有足够的钱住进了旅馆里，何至如此狼狈。他只得尴尬地笑着。她又起身，重新抱着他。这次的拥抱，显然已经没有了欲望，只剩下纯洁的感情。他在她的怀中，完全平复了下来，并且感到了困乏。

“我们回去吧，走回去，怎么样？”小青说。

“走回去？应该还有夜班车的。”

“我想走回去，我想多看看这儿的夜景。”

“那我陪你吧。”

那天晚上，他们俩花了两个小时，走回了学校。后半夜的校园，一个人影都没有。他送她到宿舍楼前，她说宿管阿姨肯定睡死过去了，她想直接翻栏杆过去。他看了一眼栏杆，倒也不高，男生宿舍那边经常翻。他蹲下身来，她踩在他的肩膀上，咯咯笑着，他使劲站起来，她灵巧地跨过那排金属尖，顺着栏杆滑了下去，人就在另一侧了。

“晚安，一个难忘的夜晚。”小青顽皮地微笑着，朝他挥挥手。他目送她走进了宿舍楼，只剩下自己站在黑暗中。

就像此刻一般。

他坐在体育馆门前的台阶上，忽然感到了无比的安静。那可怕的虫鸣居然在不知不觉中停歇了。虫子都要休息了，何况人，他感到了一阵疲倦。尤其是刚才的回忆，让他处在一种恍然无奈的境地。他站起身来，才感到腿都僵硬了。比这更残酷的是，站起来比坐着感到更孤独。因为坐着是一个稳定的姿势，而站着是一种暂时性的状态，随时寻求着行动和目标。而他此刻丧失了目标，也难以有行动。他陷入了懊恼之中，自己今天晚上真是自讨苦吃，但如果结束这种自我流放，也是很简单的，就像那天晚上一样，只消翻过那个铁栅栏，就可以回到宿舍，回到那个狭窄却温暖的床上。

但他也没有那样的冲动，即便如此落寞，他还是不想回去。去小树林看看鬼吧，这个念头让他浑身战栗。他自己都搞不清楚，怎么会有这么可怕的想法。也许是潜藏的恐惧终于以这样的方式提醒着他。都说小树林那里有多个学生自杀，因而阴魂不散，深夜有恶鬼出没。有些人将那些传闻说得有鼻子有眼的，仿佛他们真的见过似的。今晚，难道不是去验证的好时刻吗？他倒不是为了去跟别人吹牛，他只是有一种自虐的冲动，反正都已经跌落谷底了，那就让厄运来得更猛烈一些吧。

身体开始启动了，像是一小阵风，就让轻盈的帆船开始了航行。他离开了台阶，像船离开了安全的港口。他晃晃悠悠地走着，从远处看，像是个喝醉酒的人。他梦游一般，真的走到了小树林的附近。这个地方，白天都罕有人迹，何况月色朦胧的晚上，一种黑暗中的黑暗从树林深处渗透出来，冲击着他的视网膜。他的腿开始发软，肾上腺激素飙升，他呼吸急促，脑子异常清醒，困意无影无踪。

没出息的家伙！怪不得一事无成！

他骂着自己，向小树林继续走去。有风吹过，无数的树叶开始摩擦，发出了奇异的声响。他的步子越来越小，手心湿漉漉的，不由在裤子两侧擦了擦。就在这时，他听见了一个女声，从树林的深处传来。他的汗毛竖立，脑袋里一片空白。真的见鬼了！但他竟然没有逃跑，腿变软是个很重要的原因，但最重要的还是他的心挺住了，他的心是顽固的，对于鬼神之事从来就没有笃信过。他咬着牙，攥着拳头，若有人看见他的样子，必定以为他是个随时准备动手的凶犯。女人的声音又传来了，仿佛在忍受痛苦，因此那声音是压抑的，但那压抑又不像是出于自身。他颤抖着深深吸了一口气，走进了树林，朝那个声音走去，那就像是神话中的塞壬歌声，吸引着他走向死亡。

他尽可能放轻步伐，像捕猎的野猫那样无声无息。只不过，他可不是捕猎者，他的心间被恐惧紧紧缠绕，幻想着一个浑身惨白的女鬼忽然出现在眼前，对他露出可怕的怪笑。但是，出现在眼前的不是鬼脸，而是一对男女交合的身影。女人被一个巨大的黑影覆盖着，他只看到了一条洁白的腿像树枝一般在风中晃动着。他的恐慌全无，心中涌上的是羞惭和古怪的兴奋。他缓慢后退着，离开了小树林，嘴角挂着奇异的笑容。还真有这样做的，他心里想，此前他听说有人喜欢在校园里“野战”什么的，以为都是瞎编的段子，没想到如今自己亲眼得见了。这件事对他的冲击很大，他此前的惆怅乃至恐惧，竟然丝毫都没有了，取而代之的，是那对诡异的身影，还有那怪异如树枝的腿。

孤独感忽然像原子弹那样爆发了，在他的身躯内升腾起了蘑菇云。他感到周围的昏暗不再是虚空的，而变成了黏稠的泥浆，他每走一步，都变得气喘吁吁。他在泥浆中挣扎着向前走去，走到了宿舍的楼下，然后翻越了铁栅栏。神奇的是，翻越极为顺利，身体仿佛根据早已设定好程序的机器人一般，还没怎么留意，身体已经来到了栅栏的另一侧。他回到宿舍，舍友们早已睡了，黑暗中的呼噜声和磨牙声此起彼伏。

躺在狭小的床上，他的前胸感到灼热，反流食管炎突然发作了。他在黑暗中觉得如此无助，自己仿佛被卡在了时间的狭窄管道中，但他并不觉得痛苦，因为他知道，过了今晚，自己一定会滑入一个开阔的地方，因而今晚是特殊的，他想在这种窒息感的逼迫当中，深入生存的秘密里边去。这个秘密关于小青、关于毕业，也关于那树林中的野合，但同时，这个秘密又与小青、毕业、野合毫无关系，正因为如此，这个秘密才如此诱人和迷人，才如此令人绝望又令人满怀希望。

不知道什么时候，他沉沉睡去。醒来的时候，光线已经明亮到了刺眼的地步。他要不是太累，早都被晃醒了。他看了一眼时间，已经是中午十二点多了，怪不得舍友们都不在，他们已经出去吃饭了。他伸了伸懒腰，继续躺着，思维和记忆逐渐恢复，昨晚的一切，根本不像是真的，应该是一个诡异的梦吧。小青也没打电话来，如果打了，舍友一定会把他叫醒的。想到这一点，他有些沮丧，随即，更深的绝望袭来：他需要做好准备了，准备接受以后不再有小青的生活。这个结论充斥心间的时候，他才意识到，昨夜折磨他一整晚的东西，不是别的，就是这个，他卡在时间的管道里不愿意滑动的根本原因就是这个。他在用一整晚的时间，跟心中的小青告别。小青没让他彻底进入她的世界，这是他一直回避，此刻再也无法回避的事实。

他穿上衣服，刚刚起床，舍友们就回来了。他们很兴奋，在议论着一个什么话题。他们看见他，没有急着问他昨晚的行踪，而是急着跟他分享。

“你知道吗？昨晚校园里发生大事了！”“熊猫”盯着他，一双常年挂着黑眼圈的眼睛闪烁着诡秘的色泽。“熊猫”是成都人，姓熊，外号就叫“熊猫”。他怀疑这个家伙上辈子真的是一只熊猫，然后在这一生转世为人。

“什么事？”他脑海里浮现出的是自己孤独游荡的身影。

“校园里发生了奸杀案！”熊猫笑了下，但那个笑容的背后充满了恐惧，因而显得扭曲丑陋。

“天啊！”他惊呼起来，脊背发凉，“在什么地方？”

“就在小树林。”

他的耳膜被一声奇异的噪声刺痛，但那声音不是来自外边，而是来自身体内部的某个地方。他的咽喉忽然失去了作用，与意识中心断开了联系，他说不出话来。就连呼吸的功能似乎也要丢失了，他不由自主吸气，防止自己窒息而晕倒。

“你怎么了？你没事吧？”“熊猫”被他的表情吓到了，连连惊叫着。他看到那张熊猫脸像是卡通一般，表情夸张而生硬。

“没事，没事……昨天晚上什么时候？”他抱着最后的一丝希望问。

“不知道，听一个被叫去询问的哥们儿说，据推测，时间应该是后半夜三四点的样子。”“熊猫”盯着他，眼睑一直没有眨动，说完之后继续凝视着他。

他再次说不出话来，即便他睁着眼睛，幽暗的小树林，树枝一样的腿还是在他的眼前浮现而出，他的上腹忽然感到胃液的烧灼，咽喉痉挛起来，他跑进了卫生间，发出了令人心悸的干呕声，但只呕出了几口酸水。他打开水龙头，用双手捧着水，将脸反复埋在其中，嘴巴里也吸进了不少水，终于，他被水呛到了，忍不住咳嗽起来，眼泪也顺着眼角跟水珠一起流了下来。

“熊猫”和另外两个舍友都围着他，有些不知所措，但很快，他们就恢复了插科打诨的天性。他们跟他一起生活了四年，相信他的为人，因此反而故意问道：“哥们儿，你这是怎么啦？你怎么对这件事反应这么大，难道是你干的？”

还没等他回答，他们就笑了起来。

“不过，你昨晚到底去哪儿了？我半夜起来撒尿，你还没回来，我看了下表，那会儿都凌晨一点半了。”这个舍友的外号叫“小头”，顾名思义，他的脑袋非常小，像是压缩过一般。

“昨晚，我真的去小树林了。”他看着他们嬉笑的脸，实话就这样脱口而出。假如他们一本正经地问他昨晚去哪儿了，他一定不会说真话，他将会冷静沉着地撒谎。

“啊，真的？”他们脸色煞白，惊呼起来，“难道真的是你干的？”

“怎么可能！”他大声否认，然后嗫嚅着说，“但我确实去了小树林，我想检验下那些关于鬼的传闻，我不知道我看见的是不是……”他说不下去了，有些哽咽。

“你看见什么了？”这回说话的是“二师兄”，他很胖，这个外号毫无悬念地属于他。

他看见什么了？那诡异的画面是真实的吗？他像是被猎人逼到了绝境的动物，即将放弃抵抗，或是准备进行最后一击。

这时，电话铃突然响了，“熊猫”接起了电话，听了一句话后，就把电话递给了他。

不是小青的声音，而是一个低沉的男低音，让他现在去保卫处一趟。那口气不容置疑，他来不及询问什么，对方就已经挂断了。

周围的几位舍友看上去像是石雕一般，神情比化石还要僵硬。

“不是我们说的，”“小头”喃喃道，“你也看到了，我们一直在你眼皮子底下……”

“你到底看见什么了？”“二师兄”不依不饶，继续追问，仿佛是保卫科提前派来的专员。

被罪犯伤害的人，命运自然受到了剧烈改变。但是对于目击者来说，他的命运也受到了不同寻常的改变，而且这种改变是不为人所知的，是隐秘难解的，终于构成他对世界的根本憎恶，不能再与普通人在终极问题的看法上达成共识。

关于这点，他要等到很久以后才会明白，但那个时候，似乎已经有点儿晚了。

他在保卫科没有遭遇严厉的逼问。他到的时候，几名警察和保安正在互相递烟，然后他们一起吸了起来，烟雾很快将不大的房间笼罩，他打了个喷嚏。他们让他坐下，对他的态度严肃却温和。他觉得他们对他没有掺杂丝毫质疑，他们只是希望他把自己所看到的信息讲得越详细越好。他每讲几句话，都被无数个问题打断，他一一解释后，才能继续。

他花了几个小时才回答完他们的问题，他感到了筋疲力尽。可他们一脸失望地把目光转向了别处。他在烟雾中咳嗽着说，他能不能问两个问题，就两个。他伸出两根手指。

“你问。”一个满脸褶皱的老警察说，此前，他没说过几句话。

他的第一个问题是为什么会这么快找到他。潜台词是如果他都被发现了，那么凶手怎么还没被发现。第二个问题是昨晚到底发生了什么。潜台词是怎么没带他去案发现场问询。

“你是个好孩子，不需要知道这两个问题，你可以回去了。”老警察吸了口烟，“以后没事可别大半夜瞎溜达了，危险。”

他完全不记得上一次自己被叫作“孩子”是什么时候，那有多长时间了。在母亲眼里，他都是个成年人了。而眼下，大学马上就要毕业了，可他依然被称作“孩子”。他心里涌现了一丝温暖，他得承认，他还是个孩子。

这个“孩子”喘了口气，终于从一件突如其来的灾难当中脱身而出。至少，在那个瞬间，他是无比真诚地怀着这样的庆幸。他走在校园的小径上，终于跟昨晚中断的思绪接续上了，那就是他和小青的问题。他在这短短十几个小时的时间里经历了这么多，实际上就是在逃避罢了。现在，他已经无处可逃，他必须要面对了。

他走到电话亭，给小青的手机打电话。

“喂，你好。”

小青的声音很温柔，比记忆中的更加温柔，他贪婪地把这声音存储进大脑的最深处。

“小青，是我。”他嗫嚅着说，想听听她有什么反应。

“你昨天晚上干什么去了？”她的口气立刻变得很不友好了，刚才的温柔也不见了。

“昨晚我在外边一个人散心，你出来吧，我们好好聊聊。”

小青说：“你知不知道，你昨晚的事情大家都知道了。”

“我昨晚的什么事情呀？”

“就那件事。”

他愤怒了：“你不会是怀疑我杀人了吧？”

“我知道人肯定不是你杀的，但你现在成了嫌疑犯了。”

“胡说！”他歇斯底里地喊道，“我是证人，不是嫌疑犯！”

周围好几个人迅速转头向他看来，他把头探进了电话亭小小的空间里。

他沉默着，有种被侮辱的悲愤之感。

过了一会儿，小青的语气缓和了一些，说：“为什么不直接回宿舍？”

“你知道我为什么不回宿舍，明知故问。”

这次轮到小青沉默了，他也不开口，两个人陷在一个虚拟的时空内部。这个时空极为脆弱，接下来的任何话语，都会让它发生永久性的破碎。

“我昨晚想了很久，你出来，我们好好聊聊吧。”

“我们没必要再谈了，”小青叹了口气，似乎无论他说什么，她都要在这里阻击他，“我的意思已经跟你都说清楚了，我们没有未来的。就这样自然分开吧。我不想当着你的面哭。”

他原本什么也没想好，他那样说只是为了见见她，他想她了，但没想到她直接将感情送上了断头台。她最后的那句话，让他的心几乎要碎掉了。她是爱他的，确定无疑，无须探询。他脱口而出：

“小青，我想好了，我跟你回你家乡发展好不好，我可以在那里找个工作，然后我们一起好好过日子。”

过日子，这样的话，第一次从他的嘴里跳出来，它一定来自某部电视连续剧，说完之后，他羞愧地想。但他觉得自己鼓足勇气说出这点是无比真诚的。

“你，你开什么玩笑！”小青被他的话惊到了。

“我是认真的。”

“你胡说什么呢！”

小青突然愤怒了！这股愤怒也超越了小青自己的预料，她的声音都开始颤抖了，她的语句变得凌乱，但大意逐渐清晰了。如果说，她独自回去，还有种回家的感觉，可以掩饰一下失败，那么，带着他回家则会变成一种真正的失败，她不知道那些亲戚邻里会说出怎么可怕的话来。还过什么日子，那样的日子是屈辱的日子。

他原本还觉得自己做出了巨大的牺牲，可实际上自己的牺牲只是一种失败和屈辱，他的心立刻感到了刺痛，那刺痛在迅速冲杀，扩大侵略的空间。愤怒也在蓄积，即将要爆发，他想要狠狠地回击她，就像他们曾经吵架那样。

“但是，我也不允许你回你的小县城去，你就要留在这座城市里！”小青哽咽了，随即喊道，“你听见了吗？你记住我的话！我们不能让别人看扁了。”

“小青……”他发出了梦呓般的声音。

“还有，那个事情，你不要再跟任何人说你看到了什么，那是世界上最残忍的事情，被你看到了，我心里其实也是非常非常不好受的，你要努力忘了那件事。”

“那件事情，究竟怎么了？我看到的是……”

“女孩子被奸杀、肢解了，你怎么还能说‘怎么了’这样的话呢？”

“肢解……”他脑海里的那条苍白的腿，那条腿在承受着世界上最可怕的伤害。

“我知道，在这个时候跟你说这些，无疑太残酷了。”小青平复了语气，“你昨晚的事情，我是有责任的，要不是我们吵架，你也不会……但是，事情就是这样的，不由任何人控制，是命中注定的，我们分手吧。”

他还想说些什么作为最后的挣扎，但是，小青没有给他机会，直接挂断了电话。他的电话听筒里只剩下了无穷无尽的“嘀嘀嘀”，那机械而绝望的无限循环音符。

毕业前的最后几天，他像机器人一样麻木，他无数次想要回到自己的小县城，那个和小青的家乡一样有着“麦肯基”的地方。“麦肯基”没什么不好，价廉物美，还有入夜时分在县城广场上音量巨大的广场舞，都散发着勃勃生机。父母多次来电话，问他的打算，他都忍住想要回去的冲动。他告诉他们，他在这里找到工作了。父亲释然了，对他说：“那就好，那就好，我们都好着呢，你用不着操心。”母亲说：“啥时候上班？上班前有时间就回来住一段吧。”

“一毕业就要去上班了，没时间回来了。”他的嗓音低沉，有种哇哇大哭的冲动。

“孩子，你没事吧？”母亲似乎听出了些什么。

他竟然忍不住哭了起来。

“没事，没事，我没事。”他边哭边说，“我就是看见有人杀人了，但我实际上什么都没看见……”

电话那边传来了母亲急促的喘息，像是哮喘的呼啸声。他稍微冷静了些，说："其实我真的什么都没看见，但后来听人说，那里出了命案……"

父母决定买火车票，过来看他，任他怎么阻止，都无济于事。但奇迹发生了，他突然接到了一家大公司的电话，让他当天下午就去面试。他匆匆忙忙赶去，不抱任何希望。但第二天，他们便通知他可以上班了，越快越好。因此，当父母在第三天到达的时候，他确实拥有了一份留在这座城市的工作。他没有欺骗他们。他跟父母坐在三百元一晚的酒店里，长时间相顾无言。父亲说："我们来就是怕你留下心理阴影，这样的事情太可怕了，跟这样的事情沾点儿关系都让人无法接受。"他说比起那个受害的女孩儿，他这点儿阴影算什么呢？他这样说的时候，思绪却总是在小青身上。他曾经对母亲讲过自己和小青的事情，轻描淡写，装作不经意的样子，只说他们是要好的朋友。

"凶手还没抓到吗？"母亲问。

"还没有。"

"天网恢恢，疏而不漏，狗日的逃不掉的。"父亲说了一句任何人在此刻都会说的话。

"对了，跟你要好的那个女同学呢？"母亲也是不经意的样子。

“哦，她呀，她要回老家，在那边找到了一份稳定的工作。”

“这样啊，女孩子稳定点儿好。”父亲又说了一句任何人在此刻都会说的话。

“在广州不容易，你要是觉得不习惯，也回来，我和你爸在县城里也能给你找个稳定点儿的工作。”母亲说了一句任何父母在此刻都会说的话，“咱们一家人生活在一起，那是很开心的。”

“好的，我知道，你们永远是我的大后方。”说完，他又补充了一句，“我会努力的。”然后，他们再次陷入了沉默。他看着酒店陈旧的设施，想着小青应该也不会喜欢。

父母临走的时候，说有个礼物要送给他。他们神神秘秘地掏出了一个袋子，他打开一看，竟然是一部手机——黑白屏幕的西门子手机。他瞬间被感动到哽咽。父母专门来看他，他没有感动，而因为这部手机，他感动了。父母的爱还能如此细腻，这超出了他的预期。

“现在年轻人都流行用手机，我们想你在大城市，工作上肯定也需要……”父亲的话很朴实，脸上的皱纹如同受潮的纸巾，说话的时候还在微微颤抖。

他将父母送上了火车，他们要在上边摇晃一天一夜，才能回到那个有“麦肯基”的小县城。他拿出手机，给小青发了个信息。告诉她，这是自己的手机号，以后多联系，此外，他在广州也找到工作了。

没多久，小青给他回了个很简单的信息：“祝贺！”

跟他的期待不一样，跟他的判断却是一样的。他本不想回复的，但还是忍不住回了句“谢谢”。这一次，什么也没有了。从此，他们没有再联系过。

十五年后，他作为部门经理被派去某地出差，他一看，这个某地竟然是小青的家乡。他问别人：“我们为什么要去这个地方呢？那里只是一个小县城罢了。”人家摇摇手，说：“那里不是小县城了，被旁边的城市给吞并了，成为一个区了，房价猛涨。我们现在要去好好考察，抓紧这个地方的发展机遇。”

他把酒店选在了小青家附近。他还记得那个地方，虽然他从来没有走进去，但小青反复指给他看，那里就是她家。他知道自己不会去联系她的，甚至不希望碰见她，但他还是希望能离她近一些。他记得小青家附近有座古老的邮局遗址，他没看到，询问路人，才知道扩建城市的时候被拆掉了。他若有所失，不知为何。

他试图与小青不期而遇，但是小青从未出现过，仿佛她根本没在这里生活过。也许，小青当年骗了他，根本就没回家乡，而是去了别的什么地方，甚至就在广州。他自嘲地想。

他看看手机，宿舍群里弹出了一则新闻："十五年前的校园奸杀案告破"。他的身体晃了一下，整个人开始颤抖。手指笨拙地点开新闻：在对病毒大规模筛查的过程中，发现一名男子的DNA与当年小树林留下的生物证据完全吻合。最令人震惊的是，这个凶犯一直生活在校园旁边，从未逃离，并且已成家立业，拥有一份正常的工作。警察在他家里把他抓捕归案。配图中尽管对凶犯的脸部进行了模糊处理，但依然可以看出那是一个臃肿发福的普通大叔。

好久没联系的舍友，"熊猫""小头"和"二师兄"，在群里开始热议起来，还不断用"@"招呼他。他却什么也不想说。手机短信响了，他的心底掠过战栗。点开，是另外的同学，祝贺他解脱了。解脱了吗？他无法回答这个问题，这个问题本身就是错的，这个问题本身就是黑洞。他点开通信录，找到了小青的号码。他这才意识到，十五年了，这个号码应该早就作废了。也是，她早已离开广州，没必要再保留一个广州的号码。但是，他还是对着那个号码盯视了许久，他甚至把手机屏幕举起来，在空中挥动着，像是在寻找着信号。结果，还是什么也没发生。她完全不知道此时此刻他正滞留在一个离她最近也最远的地方。

# 后记：写作的轮回

我这本小说集中所收录的小说，时间跨度比较大，最早的发表于 2010 年年初，最新的发表于 2022 年年初，相隔十二年，跨越了 21 世纪的第二个十年，怎么着也有了点儿“史”的厚度。而且这些小说都未曾收入过我的其他小说集中，应该能更好地看清我这些年在写作之路上的精神探寻与多元实践。

对中国人来说，十二是轮回的基本时间单位。一个轮回结束之际，新的轮回又不由分说而来，所以得反思，得剖析，才对得起这样的时刻。

我总说写作是每个人的表达权利，但持之以恒，将写作当成人生志业，那就不仅仅是一种表达权利了，更是一种生活方式乃至一种生命方式。随着年岁增加，我开始好奇自己的写作有了怎样的变化？思路有了怎样的拓宽？所以再看这些小说，便有了那么一点儿冷眼旁观的意思，心底悄悄说：“看呀，这人。”

写作跟人生一样，你很想控制它，让它变得更好，但在根本上，那是控制不了的，它似乎有着自己的意志。所以，对于作家，人生和写作都不可控，而且这双重不可控还纠缠在一起，形成了新的不可控，是够熬人的。我有时不免想：不知作品是人生的锈斑，还是人生是作品的影子。为了搞清楚这些复杂关系，好像除了用写作进一步勘探，我也没别的办法了。

十二年，足够让一个人从而立之年到不惑之年。也许，生命延长，智慧也会增长，有些困惑不再是困惑，但也有些不是困惑的东西又成了新的困惑。奇妙的是，我在重新阅读这些篇章之后，许多担忧逐渐放下了。对于文学而言，它所记录下的种种困惑已经不再是某个人的困惑，而是以艺术的形式成了人类的共同困惑，由此也成了人类的共同命题。艺术是会结晶的，且不论这种结晶是否像钻石那样美妙，但它都是坚硬的，超越了松软的、芜杂的、庸碌的日常生活。

在这里，我笼统介绍下书中的作品，算是勾勒一张游览本书的手绘地图。

前两篇小说《从冰川的高处》《梦中的央金》都和我的西部经历有关。我的祖籍是陕西户县，即现在的西安市鄠邑区。那个冬天，母亲怀着我，从西安来到了青海湖畔的海晏，第二年夏季，将我生在了那里。后来，随着父亲工作调动，我在柴达木盆地的德令哈市度过了少年时代。因此，西部对我来说，就是童年，就是用童年幻梦浇筑的乌托邦，它构成了我的生命底色，但与前辈西部作家善于描摹文化风情相比，我对西部风景的迷恋更多的是跟生命的救赎相关。我十八岁出门远行，在广东读大学，跟西部的物理距离变得遥远，但西部在我的记忆中兀自挺拔，更加纯洁，最终成为一个文化意象。

《大姨》《我的翂，我的小笨鸟》《谁是安列夫》三篇则聚焦于生命伦理与身份认同。从大姨这种亲戚关系，到父亲和自己、自己和自己这种私密关系，这些关系构成了我们的人生境遇，赋予了我们某种身份，我们在这些关系中反复挣扎，才真正确立了自己。但是，事情还有另外一面：正是在这其中挣扎，又让我们解构了那个确立的自己。“自己”并不是一个已完成之物，而是永远在变化中，在这变化中，人性的一部分浮出了水面。

最后三篇《岛屿移动》《我们聊聊科比》《经年》是近年新作，都试图探入时代的幽微之处，努力打捞人们心底的惶惑与希望。在这个时代，谁没有过惶恐与惊悚？我至今依然忘不掉，科比坠机身亡的那天，正是中国的春节。时间过得真快，居然已经过去两年。两年后的今天，我坐在书房，写着这篇后记，并决定用《我们聊聊科比》作为全书的名字。这不仅仅是在缅怀科比，更是在缅怀无数逝去的人与事。

我们需要聊的东西太多了，我还想再说点儿什么。

对了，我得承认，我修改了书中的几处地方，跟发表时有点儿不一样了。一般来说，我轻易不修改少作，既然是少作，就没必要悔少作，但是，这是一本书，是一个整体，有几个地方非改不可。小说有小说的艺术，小说集也应该有小说集的艺术。

关于小说的艺术，这些年我也谈论了不少，尤其是《迷途之中，岂有捷径——短篇小说艺术散论》《小说的主题变奏》等文章，浓缩了我对小说艺术的思考与认知。小说仍然是这个时代很重要的艺术形式，它对于文化的分析、对于主体精神的强健、对于时代的深刻讲述……都是毋庸置疑的。

写作的时候，世界忽然安静下来，只有写作的人跟世界，再无其他。那个写作的人，不再是那个生活中的人，他在写作的状态中摆脱了世间纷扰，完全置身于世界之外，只有在那样的时刻，他才可以被称为作家；不在那样的时刻，他只是一个生活中的人，与其他人没有任何区别。这是写作艺术的最大奥妙，也是精神世界的关键玄机。

我说这个，是因为我趁整理这本书之机，冷眼旁观了过去那个写作中的自己。我意识到，写作的轮回，便是无论何时何地，都要完全返回那种纯粹的写作状态中，成为写作的人。写作的人写出的每一部作品，都是轮回的一个出口，这个出口也是邀请他人前来对话的入口。

王威廉

**图书在版编目（CIP）数据**

我们聊聊科比 / 王威廉著 . -- 石家庄 ： 河北教育出版社，2022. 10

（年轮典存丛书 / 邱华栋，杨晓升主编）

ISBN 978-7-5545-7194-1

I. ①我… II. ①王… III. ①中篇小说 - 小说集 - 中国 - 当代 ②短篇小说 - 小说集 - 中国 - 当代 IV. ① I247.7

中国版本图书馆 CIP 数据核字（2022）第 157395 号

---

年轮典存丛书

**书　　名　我们聊聊科比**

WOMEN LIAO LIAO KEBI

作　　者　王威廉

出 版 人　董素山

总 策 划　金丽红　黎　波

责任编辑　刘亚飞　赵　磊

特约编辑　张　维　韦文菡

---

出　　版　河北出版传媒集团

河北教育出版社　http://www.hbep.com

（石家庄市联盟路 705 号，050061）

印　　制　天津盛辉印刷有限公司

开　　本　787 mm × 1092 mm　1/32

印　　张　7.25

字　　数　128 千字

版　　次　2022 年 10 月第 1 版

印　　次　2022 年 10 月第 1 次印刷

书　　号　ISBN 978-7-5545-7194-1

定　　价　48.00 元

---